道立随思漫笔

道法自然

杨道立 著

大连出版社
DALIAN PUBLISHING HOUSE

© 杨道立 2025

图书在版编目（ＣＩＰ）数据

道法自然：杨道立随思漫笔 / 杨道立著. -- 大连：
大连出版社，2025. 4（2025.5重印）. -- ISBN 978-7-5505-2401-9

Ⅰ. I267.1

中国国家版本馆CIP数据核字第202571QX76号

道法自然 DAOFAZIRAN

出 品 人：王延生
策划编辑：卢　锋
责任编辑：卢　锋　吕露怡
封面设计：盛　泉
版式设计：盛　泉
责任校对：刘佩劫
责任印制：刘正兴

出版发行者：大连出版社
　　　　　　地址：大连市西岗区东北路161号
　　　　　　邮编：116016
　　　　　　电话：0411-83620573/83620245
　　　　　　传真：0411-83610391
　　　　　　网址：http://www.dlmpm.com
　　　　　　邮箱：dlcbs@dlmpm.com
印 刷 者：辽宁虎驰科技传媒有限公司

幅面尺寸：128mm×190mm
印　　张：9.75
字　　数：227千字
出版时间：2025年4月第1版
印刷时间：2025年5月第2次印刷
书　　号：ISBN 978-7-5505-2401-9
定　　价：78.00元

杨道立

导演 作家 社会活动家

封面画作：张建新
书名题签：张建新

自序

所以“道法自然”

以导演之名，哩哩啦啦先后出版过10本书。

在海内外最有影响的是《一个节日与一座城市》，至今标识我的话语价值。

不见被引用，却有历史意义的，是与人合著的《〈中国航海日大连宣言〉解读》。

也为有的散文被外省拿去当教学范文窃喜过，更为有人搜全我的书跑来求签名感到慰藉。

蛮欣赏自己人格上的独立而不被潮流所裹挟。毕竟，再怎么遭遇困顿，也从不卖文向金钱弯腰。毕竟，社会对我的“标价”，是能解决实际问题的复合型人才。

哈哈，当杂家而不能成为大作家，乃是生存与理想的自然塑性。

岁月匆匆，曾以为，不会再专门出书了。

可，还要很像那么回事地做出一本书来。想来想去，想透了做这本书的缘由：

一、《道法自然——杨道立随思漫笔》
——记录心灵的踽踽独行，与仰望星空一样惬意。

二、无法不回应读者。
——在通常的艺术讲座等结束，须给排队求签名的学子或粉丝，提供点别样角度的见地。

三、我笃信纸质书籍的尊严。
——不汲汲于名利方面的回报，顺利地躲过欲望对自己的谋杀，并不意味着羞于向伟大的中国文字致敬。

四、告诉世界我尚在成长的路上。
——因缘巧合，我成为小而美、小而精的大连三十七相文旅科技产业园的"压舱石"。石头无言，我心有话。

以前从不说自己敬佩左宗棠"发上等愿，结中等缘，享下等福"的做人信条。但固有的价值观，让我悠长的中年，得到时代所需人才的平台红利；退休后，随着成众的嫉妒消退，我可以率性地，自在地，用裸体的精神让自己站起来，腾挪于多选择、多施展、多维度的社会舞台，这是一种大福报。心安，让我愈发晓得自己的斤两，凡安静下来写，会进入"道法自然"的享乐境界。

困于种种，这些年，我收缩了活动空间。然而，还是去了北京、南京、成都、西安、杭州、上海、苏州，以及河南的一些地方。去年还有机会到俄罗斯的圣彼得堡、莫斯科走了一趟。与之前不同，我几乎没写游历心得和影视评述，却愈发对独立文化人的迎面感触，不吝落墨。

本书超十万字，按随笔体例，剔除报告文学、发刊词、诗歌、歌词、散文诗、专题解说等，分"写给岁月""昼夜之间""艺术相处""顺情应景"四个部分。

常怀感恩。

坚持坦诚。

用快活去碰撞有趣。

希望给读者和出版社都带来美好。

继《道亦有道》《得道则立》后，这本《道法自然》，可谓系列随笔集的第三本。

向每一位助阵朋友，深深鞠躬！

2024年深秋

目　录

写给岁月

唯有时间
裸奔却不让悲欢染上
尴尬。所有公平的冷峻
透过纸面，又因时间的不羁
令枯叶破碎成嫩芽新乳
无需跟日常讲
道理，再同频的心儿
经艳阳照射和寒冬突袭
都有铜臭落尘
不卑不亢，让胜利静水流深

依然记得的
是血脉汩汩，是心眸
雕铸的纯粹。享受初始与
稚嫩，哪怕根本没有不朽
忘却，终惊异记忆的锋锐

捯饬，有几个维度

《现代汉语词典(第7版)》说"捯饬"乃动词，是修饰、打扮的意思。

面对一个山西籍青年的提问，我把"打扮"理解得更富有方言音调。否则他不会在向我讨教"大连"是谁的时候，把"捯饬"列为话题作为最强烈印象率先提出。

当然，我给他的回答有个前提：

"为什么大连自诩为浪漫之都？"

捯饬嘛，当然是大连人，尤其是女性，给全国各地的观光客留下的外在感觉。否则，我也不会把"苞米面肚子，料子裤子"，这种半自嘲半认账的民间说法，写进研究市民文化心理的论文。

"爱捯饬在大连，不仅仅是闯关东的后辈在获得城市户口后，用扮相的貌美来展现富裕。那仅仅是爱虚荣的表面态度。"

我告诉这个准备留在大连文化产业单位做番事业的年轻人，自19世纪末甲午、20世纪初日俄两场世界级海战在大连海域上演，外来文化和现代文明，便悄无声息随硝烟飞降，并一天天地，散落到了大连。那，犹如毫无商量的潮水涌进！

背靠青山三面环海，有着2000多公里海岸线的滨海福地，就这样曾两度陷入他国人士充当市长的悲哀乱世之中。

史书称："开埠建市，是末代沙皇尼古拉二世在1899年下敕令而为之。"

中国历史上，唯有大连，曾采用俄语"远方"来为一座城市命名。然而，1945年2月，罗斯福、丘吉尔、斯大林，世界三大巨头在雅尔塔开会，这会儿，已抹去达里尼名字且声名远播的中国城市大连，不，是大连的旅顺军港，因在世界格局中的重要性，再次被非中国人掂量和摆布。终于到了1945年8月15日，日本宣布无条件投降；七天后，作为二战胜利方的苏联红军，开着坦克驶进大连。自此，在大连老辈

1999年，我们故意用"年轻"来为城市历史节点庆祝命名。冉冉升空的气球柱，是力量、进取、希望和众志成城的凝聚。广场艺术晚会，诞生在大连，成熟在此刻。别人很难如此"捯饬"，因为大连的美，有种难以抄袭的青春动感。

人心中具有绝对画面感的"八一五"解放，便成为第二次世界大战胜利降临大连的赤色记忆。虽然被沙俄强占七年，被日本占领四十年，可解放后的大连，竟早于全国任何一座城市，在中华人民共和国成立前的好几年，可以收听从延安发射出来的新华社广播，高声歌唱人民音乐家洗星海作曲的《黄河大合唱》。

"就在苏军进驻大连的整整十年间，有着天然良港美名的旅大（大连曾由'大连'和'旅顺'双城并称为一座城市），大量西洋、东洋风格的现代建筑，和苏军拉着巴扬（俄罗斯民间乐器暨纽扣式手风琴）在城乡惬意欢乐的场景，成了大连别具一格的生活图画。

"逐渐繁荣的大连，到处可闻面包和寿司的混杂味儿。街上，穿着列宁装的中国政府干部和拥有整张狐狸毛披肩的苏军太太，不啻是在教化老百姓什么是体面。将连衣裙称为'布拉吉'，将衬衫叫作'挽霞子'，把星期天说为'袜子搁在鞋里'，乃大连全城通用的日俄杂交'协和语'。"

不知不觉大连人洋气起来了。这里的洋气，和上海人的"腔调"不一样，大连的洋，不完全是通过打扮来显示自己的阶级地位，而是空气里弥漫着的自然美，建筑美，妆容美，给人心理上的浸润和外溢。是长出来的生活习俗，是一种挺胸抬头的自豪。

所以啊，说大连人爱"捯饬"，确实抓住了地域特点，更无所谓褒贬。试问，在一个四季分明，每个节假日都可以穿出时髦，常常挑战中外裁缝技能，让巧手男女在剪裁、烫熨手艺上欲罢不能的城市，善于捯饬，不就是一种符号化的生存技能，一种城市化的行动流行？

"大连人爱捯饬，在东北，敢与哈尔滨比肩；在中国，也被文坛采用笔墨色彩和镜头加以持续的渲染描述；在时间岁月里，更赋予城市发展谋篇布局的表达由头。"

于是，从市民爱"捯饬"，变为城市对"捯饬"的多维运用。

1984年，大连从八十五年前开埠时候的被动打开城门，迎来了喜上眉梢的主动城门大开。中国在实行对外开放政策中提出进一步开放14个沿海港口城市，从地图上看，大连位居共和国雄鸡形象的咽喉，而且是东北唯一的开放城市。大连，本来就心高气傲，如此历史机遇，更让各级领导和几百万市民精神抖擞。作为中国北方沿海重要的中心城市和港口城市，文化、体育、旅游以及现代产业协调发展的国际名城，大连萌动着如何以更迷人的风貌，提升地位，招商引资，高速发展。

"我们这些人，当然对才华的施展充满时不我待的激情。"

不经意间，我找到了身份感。

"大连有两个海，一个是祖宗在太平洋西海岸、中国唯一的内海渤海边上建造家园的大自然的蓝色海；另一个，是我们大连人，在丘陵起伏的市区，用双手栽花种树、铺满青青草皮的绿色海。在清澈的天空下，蓝、绿两海散发出的气息，让大连有着雌雄共融、青春勃发的生命美。

"我们还有一个特别诱人处——不是把花园分散置于城市的四面八方，而是把城市建在花园里。地理优势，建设意识，让大连拥有与众不同的树茂花香。"

山西小伙子问："这也是政府的施政方针？"

我开怀笑了：
"作为大连国际服装节总策划、总导演，我将思考写进向政府汇报的方案里，被领导采纳，很快，有了整座城市参与建设的各个部门的任务分解。自然便有了'捯饬'城市的系统作为。
"开放，永远是'捯饬'的sign。"

"也曾被多次采访，你怎么想起来创意国际服装节？参照物是什么？"

"哈哈，八九十年代的香港，为解决两极分化带来的社会冲突，号召媒体抓住市民共同热点。这就启发了一种思路：如何找到既能吸引最广大老百姓参与，又能和经济建设为中心的政治方向相契合的题目。香港挑出'选美'这个市民话题，说资本家和鸽子笼居民都能坐在电视机前一起看。那，咱们就抓住'服装'这个大连特色！你们想象不到，那会儿，作为服装来料加工的前沿阵地，大连一下子增加五万多个踩缝纫机的岗位；大连的童装，到了北京展台，本地人需走后门才能回购得到。而服装节策划的'人人都是生活的模特儿'，调动起整个轻工行业的积极性，激发了太多学习服装设计的年轻人的热情，那些'小巷总理'社区工作者，恨不能把自己社区的中老年妇女都培养成能上T台显摆美的大咖……

"创造节日，对了人民的心思，才有社会主义优越性啊！"

山西小伙子说，提起服装节给大连带来的巨大声誉，他丈母娘现在还骄傲得不行。也是因为城市漂亮，才吸引了他这个学新闻的。他计划每个夜晚，到抬脚可去的公园消化白天见闻，释放穷困压力。

……

他说，他还是想不通，为什么能提出把城市建在花园里。

"那也是得改革开放的济啊！"

新加坡说自己的国家太小了，希望让外来人，"在小岛的每个角落，都能找到精美的公园和花园，让休闲空间与繁忙的都市生活和谐共存"。这种理念，太可借鉴啦。这么说吧，爱美的大连，跳广场舞的、打太极拳的、走模特步的、练习合唱的，早就有深厚的习俗。每个城区，每个街道，每个社区，都把修建广场、打理花园，当成捯饬自己家园的机遇。虽然费钱费时，却毫无对立情绪。

小伙子恍然大悟，捯饬，原来可以如此外延外溢——"维度，纵横交错嘛！"

仅仅是一场聊天，却把"捯饬"这个带有北方口音的动词，说出一堆正儿八经的回忆。

我的戛然而止让对坐的人有些意犹未尽。

我对他说："小伙子，大连这个浪漫之都，可不仅仅是打扮得不平凡，她的历史和今天，贯穿着一种非常令人起敬

棒棰岛啤酒，曾经代表了善于创新、张扬潇洒的大连人的生活乐趣。环游在人民热切的目光里，那些金发碧眼朋友，也想留下来品尝中国的美好。

的英雄主义。那种'事了拂衣去，深藏功与名'的大浪漫，更具有其他都市少有的革命情怀、刚性色彩。

"你知道出生在大连金州的中共早期领导人关向应不？还有'中国的保尔·柯察金'吴运铎，听说他和大连的关系了吗？哦，依然活着的大连籍航天科学家戚发轫、孙家栋，都是天之骄子啊！对了，最能代表'大国工匠'精神的造船厂唐士源，那个带领团队将瓦良格号拖带回国的英雄，你更没听说过吧？

"若想知道'大连'是谁，就必须号准大连城市的任督二脉。否则，会把大连说得轻飘，无底气。"

对面的人，眨着眼睛，他听出我对一个年轻新闻人的某些担忧。

"塌下心来干，会听到我给你的'下回分解'。"

2024年，定格中的大连，哪怕安然屏息，也美得让云彩不忍离去。宫小剑，大连摄影界的后起之秀，摁下快门，把750万市民捯饬出来的滨海一角，永远留住。

我当过"五七"战士

　　根据"五七"指示，1969年12月26日，我离开歌舞团大院，落户庄河县石山公社元和大队木匠铺生产队。

　　原以为，随着"打砸抢"的消停，我的青春将重回艺术轨道。可最后一批走"五七"道路的名单里有我的名字，命运，又一次给我出了道选择题。

　　不是去不去，而是怎么去，落户哪里。

　　为免除骚扰，我最后决定：放弃青年集体户邀约，回到父母家。作为"我们也有两只手，不在城里吃闲饭"的市民，爸爸妈妈已先我半年到当时所谓大连最偏最穷的庄河乡下去种地了。

　　那个冬日，天气晴朗。大连市在斯大林广场举行了一次光荣送别。晴朗的延续，让我在第二天就到大队部报到。大队孙书记说，没见过谁被撵下乡，还乐乐呵呵的。于是，便当即被授为元和大队二十几个"五七"战士的领导，并有了"小老杨"称呼。也就是说，有一肚子牢骚的正局级干部，带着"牛棚"邋遢的权威，已然返璞为世俗娘们的高级技师，据说曾跟蒋经国在江西搞过改革的妇女领袖……当时东北局第一书记宋任穷同志的秘书，等等，都要听我传达上级精神。

　　从此，跟着社员去八九公里外海边担回改造大田土质的碱土；帮助难产妇女找救命医生；给大队成立毛泽东思想文

　　庄河，给了我一张满是地瓜膘的大胖脸。感谢被"撵"下乡，感谢那一千来天的经历；就像这株无名松柏，在四季轮回中，只要向善向上向美，总可找到属于自己的一方天地。

艺宣传队；讲解"5·20"声明，领读毛主席最新指示；借调到县文化馆写剧本……倏然半个世纪，好多经历早忘了，但似油画布上刮不尽的油彩，有些印记依然存在。

1. 一碗新土豆烀的炖菜

抗旱日疲，云竟走失。木匠铺生产队盖队长在地头问我，能不能到上边给借点粮食。

"咱们就差……不到两个月的口粮。"

木匠铺生产队每年春季都缺粮。

我去了公社，又来回走四十多里官道去了县城。

黄昏时分，看着放下半篓子干粪、一脸沮丧的我，根本不是老人却布了一脸褐色沟纹的盖队长，把手抄进袖筒，躬身离开。他知道被高看一眼的我也无能为力了。当夜，有两家人来，各送了一碗土豆烀的炖菜，其中一位一直乜斜着眼瞧"歌舞团聪俊女子"的大婶，热情地指着碗里冒尖的东西：

"小老杨，这是猪油板子烀的，过年才吃。"

我接过去，差点儿洒泪。

我本人有商品粮供应，还保留四十二块五毛钱原工资。但多数社员家已经粮缸见底。第一茬土豆下来，就是他们的救命饭。婶子们一定是听盖队长说了什么，才来送最能拿得出手的东西。

......

我见不得人挨饿受穷，见不得别人尽心尽力对我好而被我忽略。心地良善，是父母给的生命底色，但走"五七"道路，让我把在电影里看过的苦难，放到真实生活里品咂，不觉恍然也忧心忡忡：解放20多年啦，中国还有太多一直给城市提供商品粮的农民，虽然出身红五类，却经常吃不饱饭。

2. 爸爸围裙上的补丁和线色

之前，我家住在市区南山，所谓大连高级人住的风水宝地。先是一栋日式洋楼，"反右"后搬到附近有有轨电车路过的南山路223号二层楼上的三居室。父母的工资虽减了半，但也是高消费人家。"文革"把整套皮沙发戳得千疮百孔，其他更惨不忍睹。搬家时，靠妈妈劳动改造的单位市园林处工友送的残树废枝，才填满一卡车家什。穷家破业，是我走进他们木匠铺房子的第一印象：没有窗框，只有窗洞；没有院子，只有半坡黄泥在陆续开出可以垒猪圈的地方。

父亲总是起得很早，他被盖队长安排到生产队集体所有的猪圈干活，人一到，就用力地清扫院子。因使用几乎抵他眉毛高的大扫帚，母亲给做了很大的套头围裙，不出几日，就磨出毛边，绽出破洞。有天下起大雨，我应要求召集队里劳力在生产队大铺炕上读报纸，只见一群人围着什么啧啧啧地，说也不是管也不是，我只好悄悄过去"干涉"。原来，那是父亲头天值夜落下的围裙。只见一群男女像看奇物，指指点点，说个不停。人们想不通，就那么件破玩意，为啥补丁都深浅搭配，用线也是顺着布色在找准成。

我突然有一肚子感慨涌上，当然不说。

早就知道父母在四川乐山自由恋爱成婚，但母亲的美德，从不被我惊觉。入住庄河，见她将家里仅有的大米专供给父亲，心里还犯嘀咕：若没他这位大教授的"特嫌"罪，咱家怎会落魄至此？可母亲从没抱怨，还想办法把爸爸没被抄走的书装进麻袋，搁在堂屋木柴搭的架子上。从没听他们深聊过以往与未来，就是看他们讲卫生依旧，过日子从容，就连搭间带棚厕所还能写信告诉朋友。那种莫名其妙的安然，闪烁眼中。爸爸从不给我讲超越"天下兴亡，匹夫有责"的道理，但在煤油灯下陪我写写画画；妈妈也从不给我讲"泰山压顶要让生命顽强"的信念，但邮寄挂号信，把腌的咸蛋送给孤寡，倒要求我出面去办。

直到我恋爱结婚生儿子做事业，他们都没啥叮嘱，只是妈妈说过，"你嫁给穷光蛋，会受苦。就不知道他能不能像你指望的那样，一起去追求精神富贵"；爸爸在我调回城后，把想法写进信里，"保护好自己。要选择做经得起历史推敲的事儿"。

至今，仍常听人们称我"女神"，说我在遇到一般人熬不过去的苦痛时，从不唉声叹气；有了名气后，亦能神韵安然。回想起来，大概是同父母生活在茅草屋的日子，让我极其具体地领悟了缝缀创口是本分，熬煎寻常终有期。

3. 为什么受到陌生人的肯定

人这辈子，有些耳边话是带着谶语价值的。

那是在拜占庭风格的日式建筑，原旅大文工团所在地。一个尚有生机的周末，我奉命给铁路业余文工团传授一支民间舞。休息时候，两位我当时根本不敢随意搭腔的艺术家在花坛边招手喊我。他们说，你知不知道自己最突出的潜质是什么？我涨红脸，深怕听到"骂人不带脏字"的导师判语。可威望极高的话剧团王成斌导演说："孩子，你才十四啊！若将来做导演，会避开先天不足（个子矮，骨骼硬）。而且可能会走得挺远。"

眨眼我过了20岁。

1970年春节刚过，元和大队孙书记让我组建一支毛泽东思想文艺宣传队，我几乎没加考虑就答应了。两个缘由：首先，瞅见大队院子挤满观看春节大戏的贫下中农，第一次发现，脏、烂、丑的草台班子，竟能在闭塞的山乡走东串西。

我觉得自己有弘扬"革命浪漫主义和革命现实主义"的责任。其次，一些知青和下放户，时常跟人渲染"小老杨"曾经如何如何了得。

"咱自己演一晚上，行不？"孙书记问。

一晚上。

这，得创作多少节目？！

当导演的梦，早就被"文革"风暴给刮没了。但年轻的我，却因祸得福，有着一般舞蹈演员没有的积累。那是因为少女傲娇，得罪了某位脾气阴暗的舞蹈天才，他利用托举，将我狠劲儿摔到地板上，造成左膝和右踝骨严重挫伤。按医生说法，我不仅要彻底离开舞台，未来都难以正常跑跳。也是那天在歌舞团花坛边和王导一起向我招手的人，大连歌舞团郑建春团长，得知我受伤无法继续练功，让我筹建一间艺术资料室，兼做外事演出报幕员（我缺少工农兵气质，只能在外国人面前做工农兵管不着的事儿），他让我边治疗边发挥爱看书爱追究什么的性情特长。

"文革"期间，资料室成了排练大型歌舞的创意工作室，人们发现，我能熟练哼出里姆斯基·柯萨科夫《天方夜谭》的旋律；能把"没问题"的唐诗宋词"化进"红色朗诵词；能提醒编导从哪部"封资修"作品里借用片段情景再现当下……

不是我天赋高，是一个人当家作主的资料室，让我在记忆力最好的青少年时期，玩着玩着就亲近了经典，也接触到不少深谙艺术的专家。阴差阳错，不久，我竟担纲了这场大型歌舞的主角儿，一天要演好几场，而左膝和右踝伤，竟在忙得不可开交中，愈发恢复正常。

答应给大队排"一晚上节目"后，木匠铺父母家的热炕头，就成了我的创作室。头天夜里，我在煤油灯下吸了满鼻腔黑灰，第二天一早，拿出小歌剧剧本让会拉二胡的知青朱家明谱曲。至于舞蹈与活报剧，民歌同诗朗诵，小话剧加伴奏说唱，简直了！大队党支部一侧的空屋子，很快成为每天都趴窗偷看排练的大队干部们鼓掌赞叹的"三无"天地。

也就一年多吧，元和大队宣传队从公社到县里，从受县里委派到各公社巡演，再到被大连市革命委员会调到全市党代会上做专场演出。元和大队不仅捧出个人见人爱的大酒窝女主演，还把庄河普通话引进城市宣传口。"彻（窃）底改造世界观"，是几位好友，同我相会时候，情不自禁说出来的庄河口音时髦词。

一晃经年。

在辽宁省文化厅高级职称评委会上，有位我绝对不认

　　30年，眨眼间，我竟成了可为城市自尊而发言而操劳的文艺角色。在市人民体育场一间为总导演临建的小屋，我，掐住每分每秒，让大连的声音向世界发出高亢的绝响。

识却有辽南农村关系的名家，主动用一篇"大文章"给我塑像。他从我在庄河的影响力，一步跨到我出任大连国际服装节总导演的现场掌控力，讲得神乎其神，真是过誉不吝。事后，省厅领导向我打趣：

　　"我说小道立啊，你能顺利取得艺术一级导演职称，是创造了立交桥排练法啊！"

　　真不知道该如何回应。

　　但不禁想到曾经收留我的庄河县，石山公社，元和大队，木匠铺生产队。若没有那会儿的"三无"（无审稿、无限制、无审批）自由，我的总导演艺术开蒙，不晓得要等到哪一天。

估计没几个现代人会记得1966年5月7日的毛泽东著述。"五七"道路和知识青年上山下乡一样，是20世纪中国，在完成第一次工业化后，面对复杂的国内外形势和阶层矛盾，以及劳动力过剩等棘手问题，深怀固权忧虑所采取的没有办法的办法。任何一粒沙子，落在个人头上，都可能是一座大山。可是对于我这个曾经因出身被称为"狗崽子"的二等公民，一个从未读过导演专业的文艺工作者来说，被"撵"到乡下去的一千多天，却是得到一张丰满三观、催生才华的社会产床。

也听人议论，说我，若能到更自由的外部大空间求学深造施展才华，也许会成为扬名中外的艺术家。

难说。

假设，是无须追究结果的！

我也想过，没准某次从县城往返元和大队，陷入没颈高的官道雪坑，我会因为感激，嫁给一个救我于死亡线上的赶牛车小老板。

那也不是没有千分之一的可能！

命运啊。

　　2010年，我最后一次担纲大连广场艺术晚会总导演。在10万人为城市创造吉尼斯世界纪录而起舞时分，我却在担心：自费为大家提供黄色外衣的人——赵国庆，这台让他发挥最大作用的节目，竟成了一个多情舞美总监的体面绝唱。

美丽的悲情

"浪包"，流行于"扮靓"这个词儿登场前。

凡说当地话，不管老少，对大连这个胡同儿级别的土话，使用时，多半褒贬参半。自从"扮靓"跟着普通话和网络语走进"山美水美人更美"的城市，那些既注意社会形象，又很在意个人装束的，已经越来越接受漂亮不等于美丽，美丽应是内外兼修这样的概念了。

于是凡做"艺术家进课堂"，特别是碰到社会各界在年节、纪念日、团建活动等做选题时候，就会常常让我讲讲"如何让自己美起来"。

几十年里，我从没答应过一次以"美丽"为主题的讲座。

倒不是把自己放在只讲"道"不传"术"的境界。也不是当了总导演就不屑于跟青少年说自己。是真的不会讲。

除了性情原因，我真的不会面对众人大说三原色，说上宽下窄、面料高于样式，聊嬉皮士和牛仔范儿的融合，以及色彩的欧美流行，颜色的中国秘籍和那些"美起来"的与时俱进。

挺怕露怯。

窃以为：感觉到的个人"美丽"体会，无法有板有眼做示范讲授。

"你不是说自己要一直美到底吗？"

"每次出席葬礼，你都分季节穿黑色的、讲究的衣服。就这个行为，可引出多少思考？"

……

我不否定这样老朋友式的追问。

但就是没法开"如何让自己美起来"的课。

美丽，岂有绝对公式？美丽本身，如果也可以写传，其喜怒哀乐故事，当是千人千面，绝无雷同。

总不能用假小子如何变成"小浪包"，来表达自己如何接地气吧?

更不能说阅读名著,可从中领悟古今中外的"扮靓"演进史吧?

还有,女性热衷的,可能正是男性反感的;吸引人的,更有历史的、时代的、岁月暗示的、年龄饥渴的、环境引导的,以及民族的、阶级的、经济的、文化的各种原因吧。

一旦触碰美学理论,我就觉得自己不是抢了别人风头,就是还没学会识时务。至于做导演向各位合作伙伴提设计要求,那是另一回事。在工作角色里,我绝对可以一丝不苟,要求严苛,讨论活泼,甚至亲自动手。

然,少有我这样离开岗位就躲到没人地方像"文物"般安静得刻板的女导演。这种时候,我更不会扯着嗓子告诉别人如何让自己美起来。

或许,因为想美起来,我有一辈子祛除不掉的肉体苦痛。

那是一个偶然。

"以阶级斗争为纲"越喊越响亮的上世纪六十年代,未满17岁的我,已经完成一个女性的全部发育。

今天所谓"天使脸蛋""魔鬼身材",在我们的青年时代,并不做这样浮夸的形容。但坚挺的丰乳,滚圆的屁股,

　　12岁的我，19岁的杨洪基。我们用一个爷孙遭遇奴隶主无情鞭笞的小品赢得大导演王成斌的认可。后来，拍摄宣传照，我，作为无名角色被安排在第一排；他，流浪歌手，站到高处。半个多世纪后，歌剧《柯山红日》早已沉入历史，只有那对"爷孙"还好好地活着。如今的杨洪基，已是活跃于中国乐坛的著名男中音歌唱家。

怎么吃也不会粗的腰肢，让我很自我保护地穿大一两号的上衣，走路凹胸，目不斜视，而且"见凡人不搭腔"。

但，在练功房，在淋浴室，还是会被活跃的、老师级别大姐姐拍拍胸，掐掐腰，然后直接拿话开逗：

"你呀，真的——馋死人了！"

这张照片，是时任《解放军画报》社摄影记者的抢拍，差点儿用作1964年年终画报封面。我的出身，让封面策划落空，却让我和一群青春气逼人的文艺小闺女，离开深入生活的部队，到附近的营城子去接受贫下中农教育。热情关照我们的羊圈子村，今日改名为"泊霞湾"。

那是女人堆儿里充满暧昧、爱惜的撒野。

突然间，偶然地，我得到一条好看到让我舍不得离开大镜子前的连衣裙。

自从父母成为"右派"，我们家从一栋小洋楼搬到附近一个德式楼房第二层。那会儿，大姐在宁夏谋生，二姐在乡下插队，我的房间，正好与厨房、卫生间各相隔几米且有一个临东的垂直大窗。日照催人起，月光沐全身，给了我享受阅读，并关起门写一宿梦呓的自在。可偏偏在各种感觉都趋于安逸的时候，父母约谈，说爸爸有对曾经的助教夫妻，妻子临产，想借我的房间坐月子。哪晓得，这个月子一坐经年！当那对夫妻终于有了落脚处，华侨背景的秦姐姐用一条我们想不到也买不起更不敢购置的连衣裙，来对恩师和他的小女儿表达感激。

那时节，谁晓得什么印象派图案、立体服装剪裁，就是被衣服的色彩和穿上身的细微描写，给绝对地，惊艳傻了！

妈妈说，快收起来吧，这是秦姐姐亲自画了你的身高胖瘦，托人从华侨亲戚那儿特别定制的。

可我实在太喜欢了！
竟将连衣裙偷偷带到歌舞团练功房大镜子前，趁大家散去，一个人换好，站到可以映照全身的位置，进入全方位无死角的自我欣赏之中——

"17岁，怎么能这么美！"

天色已暗，该回家了，却发现镜子里有双眼睛在贪婪地看着——那是歌舞团舞蹈队一个大帅哥。

他大概看了好一阵子。

我赶紧收拾东西跑掉，恰好与一直赐我父爱的郑建春团长撞个满怀，他将我叫进办公室，匆匆扫了几眼我出格的装束，像说谶语，很沉重地告诫道：

"小道立，不要再穿了。会惹祸的。"

我理解，这是在提醒，不要被资产阶级思想冒头的帽子砸着。

（极有格调的郑团长，给全团女演员一人做了身朴素的下乡御寒演出服。塞了棉花的衣服之肥硕之丑陋，令我们捧腹，然后互相嘲笑谁比谁更"彪"。）

第二天，以为什么也没发生的我，在压腿时候，被昨天的大帅哥故意撞掉手里捧的书——我正在为投考戏剧学院啃读——虽遭嘲笑，但公然把别人的书故意撞掉，他是头一个。此人有舞蹈天资，体形和能力超乎寻常，在一众男演员中，备受重视却没人缘。他公开说我"谁也看不起"。我仅仅很不友好地回复过一句：

"你在说自己吗？"

临时的舞蹈编导突然选出两对舞蹈演员，试一个托举后将女演员盘旋在腰的技巧。

我看见前一天镜子里那双色眯眯眼睛透出不怀好意的怪笑。当他伸手插入我腋下，突然，似钢铁爪子的十指狠命捏住我的胸乳……疼到钻心不说，奇耻大辱的心理伤害，让我一甩身，用眼睛狠狠地直视他，那一瞬，差点儿把"臭流氓"骂出声。

哪晓得，编导全然不见发生了什么，只是一边关窗户一边催道：

"女演员要配合。"

"钢铁爪子"将我一下子举起，然后，朝地面死命砸下，一刹那，我觉得全身碎成几块，左膝盖和右脚踝，如被锥刺，疼到连呻吟都发不出来……

所有后面的事情，都不想再做任何回忆了。

铁路医院外科大夫带了一群实习生来对我做反复检查，结论是："舞台是绝对回不去了，中年后，恐会无法行走……"

我至今想不明白，为什么没揪住这个臭流氓打官司。

　　作为歌舞团同事，郑永琦曾拍摄了我从少女到少妇乃至进入中年的不少镜头。作为中国摄影金像奖获得者，骄傲的他曾通知我可随时去他的工作室拷贝全套系列，可我觉得啥时候不行。然而，机会却终生错过！身边只偶然留下了这一张。 2022年深秋，友人来电约我出席某个葬礼，可那一刻，我人在纽约……

　　只是再往后的日子，脑海里不断涌出郑团长那句谶语：

　　"小道立，不要再穿了。会惹祸的。"

　　我怎么会用息事宁人，来结束一桩可谓地地道道的职场伤害？是因为对方是"红五类"，还是我遭遇普遍嫉妒而被私下称为"难以教育好"的"黑五类"而深陷阶级卑微？

　　抑或，当时全团正面临参与"四清"运动，没人在乎一桩工作故意伤害事故……

　　那个把林则徐读为"徐则林"的男人，在他最应出成绩的时候，染上酗酒，不及四十岁就患肝癌死掉。几十年过去，每当我左膝右踝疼痛，就会想起他，有一点儿替他遗憾，对他也早就无所谓愤恨了。

近几年，视频里疯传老年人多有膝关节退行性变；我的老伤新疼，反倒因一直一直地在意了健康而显得不十分可怕。捧读弘一法师的书，会情不自禁地吧唧那句话：

"故意伤害你的人，不用着手报复，上天会替你收拾。"

也会作反思：那条令人惊艳的连衣裙，曾用性感的美丽，在不经意间，挑唆了一个有流氓意识的青春期男人。

所以啊，美丽并不总是予人欢乐。

天下多少悲情故事，都会借美丽来做由头……

然而，大伤带来的命运转变，是逼我用口才、笔力去谋活路，并非常在意美丽和命运的安全关系。

越是深谙美丽的不安分，我就越在乎服饰对于人身心的描绘和启迪。

虽然绝对不接受传授美丽心得的邀请，凡站到人前，我则会用符合环境、身份、题旨的装束，来促进人们愉悦地走进我的心灵。

因为啊，所有的共情，都需要感触到和谐。

任何带有善意的扮靓，济人赏心悦目不说，对不同观点和艰涩学问，应是无声的亲近、融化和打通。

当我越来越觉得自己不靠外在美便能赢得尊重，反倒常用很大连的土话"浪包"，来做一直挺"臭美"的自我打趣。我不忌讳被打量，被模仿，被指指点点，尤其不在乎被误读。因为我相信，一个可以因变老而随之变好变美的人，是值得信赖的。

这一张，属于流行中的美人照。很感谢那个以拍摄人物照为核心竞争力的机构，没将此片作为广告来招揽顾客。可当我到了不在意自己"角色"处境的阶段，就像容貌留不住，这个机构歇业了。此照拍摄于哪一年？反正是大连报业集团还在报业大厦办公的时候。

曾是职业经理人

1. 走进购物中心

人这辈子，总要在时代的浪潮里颠簸。不管你是自愿还是无奈。

2003年深秋，还没等我弄明白上海人嘴里的"稍屏茂"（Shopping Mall）比传统百货时髦到哪一步，就被本城商界一位高学历青年才俊介绍到了大连市沙河口区高尔基路695号，那里正在建设一座国际化的单体大型商业中心。

作为他人口中的复合型人才，我被老板抱以很大期望。除了副总，为比一般赚钱扛活的职业经理人有多点的话语权，还给我戴了顶"文化总监"帽子。

购物中心建筑的专业性和日后经营的不确定性，在一群未曾有过实践经验的人那里，显然有股生乎乎的砖头水泥味。好在，老板曾经和我一起跟市领导赴京公干，各自多少了解点对方分量，这挺让班子成员的其他人在意。

但，也不知道是我太把自己的学习能力当回事，还是介绍我来的总经理朋友让老板有了工作上的不满意，总之，潜藏的上下级矛盾，竟在我获得"特别富有职业精神"的好口碑当口儿，似火山喷射，忽地爆发。

"上一次，你不让招来的广告商大面积包裹墙体外立面，说破坏了建筑本身的符号语言。行，豁上得罪领导……我依了你；这一次，你又坚决不同意卖掉几间还没租出去的商铺。

"……到底你是老板还是我是老板？"

P董事长脸色铁青，就差没拍桌子。

总会计师一直用眼光在我俩之间左右扫射，我在私下跟他交换过意见，态度很明确：

"……如果班子成员都不公开坚守资方拥有完整建筑的原则，那就让我当坏人吧！"

其实我很清楚P董事长的苦衷——

还不上贷款利息，已是苦逼债主，银行饶不了；租户因购物中心地脚不成熟，私下集体抗租；提袋率十分不理想，让人觉得美丽的空间充斥着寂寥；总经理又拿不出解决问题的方案……整个企业，陷入"一分钱难倒英雄汉"窘境。

病中的P董事长，只得采取不是办法的办法："割股救母"。

班子成员和请来把脉的内行都知道，一旦售卖尚未租出的商铺，凸显颓势不说，憧憬中的大连最有国际范的Shopping Mall将不复存在。若遇到融资高手，人家也不会去购买、挽救一个杂牌资方的烂摊子。豪华、舒适、现代的新型购物中心，还是抵不过位居老商业区的百货公司啊！

"千万别死在一个超前发展的项目上"，已经从"馊主意"，变成人情练达的"好主张"。

我曾用一封信，详细阐述对企业处境和市场形势的分析，虽无科学推导（我也没那本事），但晓以利害，很文学地称此刻为"黎明前的黑暗"。我不厌其烦地跟P董事长说："国内外有过先例，我们并非最难；大连的城市发展规划，正肉眼可见地，逐步让和平广场从冷僻地脚变为城市中心，只要假以时日，附近的学院区、高收入人群、新移民增速、某些营销策略会用事实上的提袋率和渐进的消费热情，提升咱们这个现代企业的商业价值。千万别舍本逐末……"

敢说这些，基于试探性成果。刚开业那会儿，我利用自己七七八八关系，再借助"铁粉"，让职能部门组织一支在大连国际服装节上大出风头的国际婚纱大王桂由美婚纱表演，每天上下午两次豪华的文艺巡游，吸引了很多人，媒体也做过热情报道。记得某天，我发现围观人群里竟夹着一张熟悉面孔，在我的请求下，言语金贵的P董事长即席给表演者讲了几句鼓励的话，他说："你们的奉献，至少会给和平广场增加百分之二十收益！"闹得我在心里暗暗叫苦：怎么可能——人走茶凉，是最典型的当下表演效应。这个演出队，重点吸引的是附近那些专门来领"福利"的老人家，他们才不会给你贡献销售额呢！更令人尴尬的是，一个多月了，我们没给表演者支付劳务，朋友心疼那些高级婚纱，正要收回无偿提供给我的"情谊"，你这个"百分之二十"，不正凸显了我们的人情欠债？但没想到，朴素交流，感动了几方，那位提供桂由美婚纱的"铁粉"朋友，非但没来跟我索要劳务，还让婚纱表演延续了两周，之后，配合的租户采取措施，真的吸引了一部分年轻的消费者！随后，文化夜市、吉祥物征集、大堂周日活动……此起彼伏。我曾在会议上说，丰富的、持续性的各种活动，会增加租户信心，我们各自都从自己的可能去多想办法，争取尽快度过成长的"寒冷期"。那次会议P董事长不在，据说他的病让医生沮丧。也许，期冀中的百分之二十太遥远，而巨大的身心压力，让董事长不得不面对残酷现实。

会议继续。

此刻的P董事长，脸色越发难看。

可，想象中的一场大吵，竟没发生。

不知道又过了多长时间，P董事长站起，将手臂在空中一摆，似乎毫无对象地说：

"我们都退出，你们继续开会。"

"我们？"

就是我和他呗。

瞅着他强压怒火的背影，我并没跟上。

此人是个有头脑，品位高，韧劲十足，不乏勇气的男子汉，但不善表达，又很注重仪式感。他也是个固执地把会议作为决策唯一渠道的民企老板。此刻的尊严感，占据情绪上风。

又是一阵沉默。

班子成员们，将目光投向会场上的总经理，谁知道，他竟也起身走了。而"我们"，并不包括他啊！

想不到的是，P董事长的远房亲戚，一个特邀与会者，我的直属部下，却像扎了激素，站起来慷慨陈词一番。

到大企业做事，至今被问起是否还有兴趣。当然婉拒了！虽然我一再讲，只要符合"有意义有意思有收入"三原则，并能唤起好奇心，我可以接触。但，在中国做职业经理人，必得做好寄人篱下的心理准备。

"别仗着自己是个名人，有什么国家一级导演职称，就无视一切。有本事，你到别的地方挣更多的钱啊？在这儿充什么大个儿？"

我很奇怪自己竟然能慢慢听，直听到对方尴尬地一屁股坐下。

之后，职业经理人担忧的欠薪、租户们聚众闹事、配套施工延后等险情，都没按预想可怕地爆发。我也在一个偶然机缘，与碰面的老板提出离职。他挺不好意思地接受了。

眨眼走进21世纪，欠债N亿的和平广场被新加坡凯德公司用超一倍总投资囫囵个儿买到手。一座内外完美的Shopping Mall，仅在和平广场大名前，冠了新购主"凯德"两个字，迅速活跃。

几年、十年，我没打听那个斥我"充大个儿"的下属怎么离开，那个总经理朋友又到哪座城市去高就；也没回答好事人问我是否得到董事长一家由负转富的实惠感激；更没有机会告知天下：环绕"和平广场"的几个枢纽车站，是我带着分管部门费了九牛二虎之力，与政府职能机构艰苦谈判，促成对一个购物中心来讲含金量很高的车站站名的永久落实。

我更没问过任何人，董事长怎么想通的。
那是他的命运！
他为这个恢宏的大项目，也几乎舍了命！

闲时会偶然思量，自己在职业生涯里，走对了其中的一步——作为高级打工仔，该进谏时候，没有敷衍。
还是老板聪慧，让尽职的思考有了实现的可能。因此，对那个曾经的Shopping Mall，我常常心存感激。

敢于冒风险的企业家和有良知的经理人，不管有心还是无意，一旦相互成全，顺应了时代发展，便都会有心安理得的收获。

至于钱，我从来只拿薪水，总会计师心如明镜。

2. 偶碰房地产

正值中国地产热甚嚣尘上，一个陌生电话打到我这儿。原来，某地产集团老板，拥有几乎可称为大连城市微缩景观宝地的幸运儿，对我产生兴趣。

依山傍海，绝美半岛——如假包换的"小平岛"，属于离市区最近的滨海生活区。它被很多人所觊觎，却没想到，竟落到一个没啥社会背景的开发商手里。

Q董事长，大工匠出身，为人极其热情善良，是个勤力且超常勇猛，更不乏率真浪漫的"大男孩儿"，也是个被母亲疼坏了，被太多人所亲近所依赖的高大憨厚老爷们儿，此人任性起来，比职业经理人——总裁，上班早好几个小时，其"我行我素"，常常令人哭笑不得。

"这样的人，怎么会被时代看上？"

就是这样不受章法限制，总有荷尔蒙暴涨，各路朋友都在牌桌上、酒席间送机会的人，能在中国改革开放的豁口赚到红利。

因为有"名人"誉帽加持，我一直有"活"干。虚虚实实间，似白驹过隙，难留痕迹。但南宋老同志陆游先生有诗云——"位卑未敢忘忧国，事定犹须待阖棺"，特别是后一句，让我每一次都能暗自提着小心。

又到了一个历史节点——Q董事长孩子中学历最高、长得最美，不乏贡献的一个，想改变企业面貌的愿望越来越强烈。发现自己无法掌控一切的Q董事长通知我参与孩子策划的一场"改变小平岛命运"活动。

其实该活动，就是要通过一场惊世骇俗的策划，把超一平方公里的父辈眼珠子地，改弦易辙。

我不想站队。

为什么要让才华浪费在家族权力之争的战场？

但，显然来者不善——高昂的策划费，招徕一支像卓别林塑造的电影中的希特勒那样，把"用地球仪暗喻的世界，玩弄于股掌"的团队。那种用中外专业术语营造的云山雾罩，铺天盖地的视听诠释；那种眼睛只看前方不与听众对视的傲慢所制造出来的凛凛威风，让整个会场空气紧张，颇具压迫感。

这让我这个外人，根本不应当发言。

当满墙的图画所画出来的小瓶子就要将"流水淌到地上"，Q董事长郑重开口：

"下面请杨总发言。"

所有的京城人，尤其是还陷入阐述激情中的那位，似听到玻璃落地，一个激灵地突然望向我。

他可能没想到有这个环节，尤其是听闻关于我的一二之后。

Q董事长还特别告诉那支有国际背景的策划团队，作为"行政总裁"，我的经验和学识，非同常人。

嘿，我还偏不端出学者口吻。

你能跟完全不了解国情，不通晓政治，不研究市场的聪明人，尤其是那种不可一世作风，玩书生气？

我不得不用三句话作即兴应答。

第一，你们觉得找到一个"瓶子倒了"的醒脑形象。我却觉得这是在哗众取宠。其结果，也许会给开发商制造一场政治麻烦。这个"瓶子倒了"关键词，虽是巧合寓意，但充满政治风险。

第二，小平岛从来不是一个案名。而是一个从没遭遇过涂炭，沙俄、日寇都要绕道走，在世代老百姓心里非常祥和的地名。这个地名对于地产商，价值10个亿不换！何况，岛上地势凸凹有致，并非一片推倒的净地；须做一个宏观的、科学的、长久的、得人心的开发预案——高处低处不说，受众更需分层。而投资跟进，眼下一两句话说不清楚。仅从有步骤开发，倒可以考虑从经济价值、文化指向上，先设计几个利于传播并特色突出的分项目案名……

（你们知道不知道，Q董事长本人，是在母亲肚子里，从山东逃难漂到小平岛而落地为人的苦孩子？他和小平岛的关系，不亚于血亲。岂能置地名的珍贵不理？）

第三，小平岛不仅天文气象得天独厚，海域上拥有白海参、东亚江豚等奇珍异宝，也是一个固有的、富有保密性质的科研基地。咱们不能用"变天"野心，招惹猜测。说句不恭敬话，狗咬人不是新闻，人咬狗才是新闻。你们这个策划，相当于让开发商支付一笔巨款给自己制造了一个不光彩的新闻。

（责任谁负？）

说完，我便很安静地离席。

我知道，原本关系很好的——那位美丽能干的女儿，恼怒大于不解。

那一天，我走出小平岛会议室，也走出了我受邀参与开发一个房地产大项目的职业生涯。

其实很容易想到，不管Q董事长觉得我说话多么"赶劲"（大连话"痛快淋漓"的意思），不管他多么希望我能辅佐企业把内外交困的事业做得瓷实——"打断骨头连着筋"的家族文化，是无法超越的。

小平岛当然没有成为被"倒水流淌"渲染的案名。它和甘井子、葫芦岛、沙坪坝、南锣鼓巷等叫响古今的地区俗名一样，以其历史包浆而久喊不衰。

后来，Q董事长时不时拿"狗咬人和人咬狗"话语阐述己见，并与我一直保持无须热络走动却相互尊敬的老友交情。

也是从Q董事长的"岁月不饶人"思量里，我受到启发，从此，不再接受这企业那企业邀请。

有时候，想起来就发笑：不是自己不甘寂寞，也不是进进出出都有常胜将军的威风。而是我真的喜欢在另一种陌生境地里，发现自己。

我很幸运自己曾经在几个大企业做过职业经理人。
它让我不再站着说话不腰疼；
它让我学会设身处地替投资方着想。
这让我，在日后的文化和艺术生活中，可以坦然地，给这个世界带来一小缕清新的风。

去乔山

印象里，去乔山的大道，虽波段起伏，却视野开阔。

其实，跟谁去，从哪儿去，去乔山都要途经拐弯和转角，但从不开车的我并未对路线动过脑筋，永远感觉最后的那条大道，似驶往天堂的通衢。

轿车行驶中，给城市带来美誉的风景悠然掠过，道两侧的树，尤其是灌木，哪一株都好看。只要细品大道上堂皇耸立的绿植，总能嗅出点东西文化交融、南北园林荟萃的大连味道。

清明前后去乔山的小车太多，好车尤盛；几十年前的华侨农场还属城郊农地，现在的"乔山"，是极富圣洁宁馨，远离豪横贵气的全国最大花园式公墓之一。

一

正值愚人节，我曾有过犹豫，但巨忙的儿子抽出空，当妈的还能矫情吗？望着窗外，我克制自己主动说事儿的念头，可我又哪能憋住。

母子间早就形成技术控与艺术魔的思维反差，难得的独处，必须节俭时间，我抓紧说出挤在脑海前边的。

"别形容，别激动，太伤身。"

听我诉说那个撤下来的视频节目曾得到怎样热烈、超常的点击反响，宽肩直背的男子汉，忍不住朝我扭过头。

儿子说：
"哦，全部停播。歪打正着嘛！
"妈妈，我可以想象您用怎样引人入胜的语言讲述一段真实而且已经被正式出版的史实。但，网络节目太敏感。那不是任何一个文化企业可以承担的任务。
"如何公开地、富有权威地叙述当代史，是最大的政治！"
……

儿子徐杨，是个思考若游乐的男子。小时候，金句名言很多，我们常常惊叹。但越到后来，他越发陷于平常，似乎把岁月都咀嚼到心灵深处，不说惊天动地话，只做非做不可事。

二

我想过他的态度，但没想到他思考得如此缜密。

"你想帮朋友，她们又天真地指望利用您这个名人的流量价值。如果那些视频节目引起持续轰动，也许——"

一个回头，我便读懂了他没有说尽的话。

海量点击率，岂独有招揽关注度的市场效益。

那也是最敏感的生存雷区。

想到自己原本相当安分地做朋友企业的压舱石，而且已步上行稳致远境界；因朋友感受到经营压力，我又十分感激在遭遇困难时候朋友该出手时就出手。于是，被喊为"女神"从不站C位的我，破戒了。

"好。不是事情已经完全落停了吗？"

我们用目光给彼此一个句号，便不再纠缠在已经放下的事情上。

三

儿子轻轻降下窗玻璃。

大连的四月，山海呼应，可嗅到交响乐序曲般的诗意。

已经离正常时长超七八十分钟，车潮依然受阻。他说先下车买花吧。

车后座有我准备的大桶水，打理灌木的剪刀，几条毛巾……

黄菊和暖粉花瓣巧妙组成的两个花盆，被儿子妥妥地搁到车内。这孩子做事稳妥讲究，是我永远想不通的优点。他的企业曾受过重袭，身体又被家族病找上，对于一个天资高抱负大的青年，可谓经历了小十年的血雨腥风。然，现如今，无论出现在哪，他都目光炯炯，神采奕奕，好像前行中并无蒺藜缠绊。

影响他成长的人里，外公也是急性子；他爸爸笨手笨脚；我的性情虽不乏通达，但并非没有情绪化驿动。哦，他的妻子，一向有条不紊。

修行在个人啊！

我颇有几分欣慰地在心里感慨。

四

继续上路，我再次挑起话头：

"妈妈想念乔山。昨晚整夜蒙太奇。最感恩，外公外婆留下的家教和口碑。"

儿子点头。

我继续说道：

"所以我常想，妈妈爸爸也许永远给不了外公外婆能给一个家族留下的精神遗产，但保证不给后人带来羞辱，是能守正到底的。"

儿子相当肯定地点头。

我们一起探头窗外，接受春风拂煦。

车流开始动了，虽然很慢，终可望见远处通往墓园那条由密集龙柏聚气限速的油绿色端景。

五

儿子将车泊在墓园中间的开阔地，我们第一次从他大姨妈和外公外婆墓穴分岔的山峦通道拾级而上。受伤的左膝很怕踩石阶，儿子用手牵着我，步踏缓慢沉稳，在春风飞舞

　　我的父母亲，是典型的民国时期结缡的般配夫妻。每回看黑白经典电影，阅读一些撰写有爱家庭的经典书籍，我往往会觉得那些寻常，曾就发生在我的生活里。如果说这辈子最幸运的是什么，那就是成为杨烈宇和江之京的女儿，而且是允许淘气、闯祸、逃离，再回归原生家庭的女儿。

中，我们一步步走近天坛下方那个久经考量却依然素美到令人赞叹的墓穴。

　　也许还不是清明日，没看到左右两旁别人扫过墓的存留。按老规矩，儿子轻轻泼水，缓缓擦拭墓碑和刻了他外公手迹的理石字书，我自扶树而站，任思绪向亲爱的父母先做倾诉。

　　那是我一个人和双亲的秘密。

每一回，我都要盯着墓碑，对二老重复一遍：

"爸爸，捐献您的遗体，是您以为自己可以活到九十岁的那会儿，闲聊时候交代给我的。我捐给了医学院，实现了全国人大常委、全国五一劳动奖章获得者、中国农工民主党副主席、国家一级教授，改革开放后第一位将技术卖到国外的中国科学家杨烈宇最后的人生夙愿。您还满意吗？

"妈妈，在生命最后的日子，您竟怯生生向我恳求，希

明泽湖，见证了我们一家人的悲欢离合。1959年夏天，父亲沿着湖边追赶离家出走的我，声音颤抖地呼唤："毛毛，你不要急，至少让我们陪你读完高中——"30年后，早生华发的他，难得地听命我这个小女儿的"喝令"，抽出万分之一时间，到湖边散一次步。

望能与享受高干尊崇的丈夫合葬。我答应了——寡居17年的您，不知什么时候进入弱者思维！您呐，是父亲永远的大后方，您的贤良、慈善，是我们几辈子后人难以企及的榜样。顺遂您的心愿，也是我这个做幺女的，花了写一部书的精力做成的事儿。您可心安？"

六

儿子把所有杂事做得。

花盆更是摆放妥帖。

一瞬间，高天游云，参差树木，似都为父母和我们送来蔼然。

我们母子肃立墓前，照例，三鞠躬后，我要开口说些话。这些话，每一年，每一次都不一样。

我没说儿子刚从北京开了亚洲技术大会，以高级专家身份发言后荣归乡里；也没说我家先生他们的女婿重病缠身实在无法亲来拜祭；更不提儿媳公司正值春运繁忙，拜托我们代为致意。我要说的是，希望儿子和他的先祖都期待听到的实实在在的人生寄托。

长眠的逝者和祭拜的后人，并没谁能把清明祭、扫、颂的习俗超时空打通，但站在先人墓前说话，当是不负天地滋养的人之常情。

七

下山的路要转到另个方向才好驶入舒朗畅通。心疼儿子给外公外婆和大姨的两丘墓穴都做了精心打理，就背靠座椅，缄口安坐。手机里传来马友友用杰奎琳·杜普蕾的大提琴演奏的《殇》。我没想故意推浓去乔山的气氛，是今天早晨，一位殷勤的朋友，依此珍藏，作为向重视扫墓礼仪老师的清明呈献。不妨听下去。

虽然我和儿子心里并无沉重的伤痛要抒发，但音乐的力量太强大，听着听着，父母之外，惦记的亲友，便一个个浮现。

……

最后，集中出现眼下家中最大的"梗"。

丈夫的面孔，远比他父亲和岳父晚年时候苍老。曾经圆润的脸，似被耕犁划痕，布着一道道沟。

不是因为年岁更长，其实，他中年后的生活品质远高于父辈。而是遗传造成的不死癌症——肾器官衰竭，煎熬过甚！

我一直对他早年谋生的日子活得过于粗糙耿耿于怀，更不幸，偏偏两次染上新冠，反噬出年轻时候随学校在稻田里劳动冻出来的全身关节炎。

说起来，沈阳音乐学院母校够厚道，将一个附中学生送

　　黑石礁，大连城里人传统的亲海地儿。我们破例让儿子戴着外公尚存家中的皮帽，一家三口，常用整个周末享受平静和安然。那会儿，横夫像放高利贷，把做丈夫、父亲能做出的好，都加倍地奉献出来。谁也没想到，他的晚年，会遭遇病魔咬噬。

到汤岗子洗温泉疗养，直到他以健全人身体回校继续读书，最终分配到大连成长为音乐学者。然而，病毒无情，只见丈夫身躯一天天佝偻。我们倾尽所有，儿子和儿媳不知有多孝顺，我也不怕讥笑，搜尽腰包，还会催要讲课费等，只求不对医疗费望而却步。

肾内科主任几次感叹："你们这家人，用各自的爱给亲人添了十年寿命。"

这又怎样？

即使他总是溢出一副"可以忍受"的微笑，一再坚持把公益性"听徐横夫聊音乐"往200期上做，希望创下电台音乐节目之最；还保持到城市国际交响乐团尽艺术总监之重责；极尽细致周到地改选好大连古琴研究会，将会长职责妥善交给可以信赖的再传弟子，还是眼见着他身体的零件，一天天坏下去。

我常像鼓励小学生，絮叨着："人生不在于长短，而在于是否精彩。我们来过，为世界增添了颜色和美好，足有意义和价值。"还笨拙地买来各种滋养品、秘制零食，指望从营养上助他创立生命奇迹。

必须接受，任何手段，终归击退不了他夜里躺不直身躯，每动一下，都会疼痛呻吟的难受。

八

作为结发夫妻，我们不能不触及死亡话题。多希望他能步岳父杨烈宇后尘，让生命的琴弦在最后一刻戛然而止。

"不痛的戛然，是天选之人的福分！"

第一次将丈夫接出ICU，曾以为是虎口逃生。横夫显然更没深究生死命题，而我则吓着了。好在，我们该然成为一家人。从此，每当我服侍他做了些"琐琐碎碎大事"，听他道谢，我就会半开玩笑半认真地回道："这是在还你年轻时候放的高利贷啊！"

我亦对丈夫承诺，无论发生什么，不再送他进毫无人间温度的ICU——那种仰仗仪器的先进，实在冷酷！

也不得不提到，最后，一定妥妥地，将他送到美丽且体面的乔山。我说："你是爸爸妈妈最当意的女婿。大家都在那儿，你不会孤单！"

"妈妈，最近有什么新闻？"

待我摁停乐音，儿子回头问。

我明白，他的脑电波正与我纠缠。

"哦，你去北京这几天，无非曹德旺办大学和人们议论中的找大师；大连用港东五街调动世界关注……"

小车里又有了新的话题。

同儿子深入交流，开始于娃娃时代送他上学的路上，那真是稚嫩同青春的幸福变奏。

"妈妈，你真聪明！"

N年过去，奢侈的惊喜，留在耳畔竟然不会消失。

大概是他考上大学，在全国计算机比赛获奖后，我们的交谈逐步从平等，渐进到以我请教他为主。

最近两年，我已经不是请教，而是以科盲口吻，向他打听如何辨别视听谣言，如何理解比特币的肮脏、国际规则的乱象，如何寻找中西医结合的合理方案……

"什么？给俄罗斯200亿加密货币支持？"

我磕磕巴巴将这条网上热辣对他叙述了一遍。

儿子立即火人：

"妈妈，这是不可能操作的！"

于是，他耐着心，从加密货币的可能操作到美国制裁的卑劣手段，给我做详尽的技术分析。

我听不懂。

听不懂就索性让思绪飞翔。

……

我是一个在意出作品的人。开讲座，搞策划，做方案，讲意见，从来都留一句话："是在做作品吗？"不是作品，就别佯装煞有介事。人生概莫如此。儿子徐杨，迄今为止，是我的婚姻我的人生，所创造出来的最好作品。

将丈夫"送"去乔山，最后执行，是一定要让儿子来操持的。至于我，他的尚还身体健康的母亲，会不会也重复演绎一次他外婆那种卑微的临终恳求？

当然，绝对不会。

不是我没有等级差的愚钝，而是我早就筹划：要好好活下去！长长久久地！

除了眼下给丈夫最实在的活下去的支柱力和最不佯装

的情绪价值，我还要给后人，给亲友们，尽可能好的切实帮助。

我必须活着，直到中国实行安乐死。

安乐死与肉体如何处置，应是"同等级"的文明。

本次乔山行，是我这个小家族祭扫行为的2024年版本。

至于2025年——之后，去乔山，如何去，怎么去，由谁去，请未来回答。

我只需要好好活，把生的光投射给亲友，投射给爱我的天地人寰。

礼物之殇

　　"殇"的意思，随时代发生变化，除了保留短命、早死意味，好多不祥、不顺、不得以，都与之沾边。题目里采用这个字，当然不是为其翻案，实在是在生活中因礼物而伤过脑筋。尤其到了经济不好时候，因现金匮乏，人们会赤裸裸地把礼物当作金钱。若不懂其中门道，会给自己添麻烦。如果有人把礼物送得恰到好处，又会让新的秩序不带铜锈地生出欢喜。

　　因被传媒称为学者型、行动主义艺术家，在很多同代导演无业可做时候，我却蛮受职场欢迎。往往，在独属的办公室，会遇到视送礼为基础公关的人。我的应对，就是永远让门半开着。

因此，时常造成另一种不安全——

"她在意名声大于在意财富。"

保洁员就公开这样发议论。

尴尬，也就藏在议论里。

一次，用了很多口舌希望我送她礼物的某夫人，突然打来电话，愠怒中含有诧异：

"你送的什么呀？"

当我的司机从她那儿取回礼盒，我真傻眼了，那分明就是被盗走礼物后，剩下一堆有重量的包装。那些包装，继续充当贵礼而被我想当然地作为"拿得出手"，办了窘事。

很费劲地回忆：这是哪位硬送的？我怎么就会推辞不掉？

而又怎么放进书柜成了应付眼下麻烦的"急就章"？

嗨——到底是被保洁员偷了，还是让其他人顺手牵羊？

赶紧掏钱去买了正规名牌，算是把某夫人给安抚好。

照理，我不需要仰人鼻息，更耻于给不认识的家属送礼；可人家的丈夫，就是解决过你在工作中遇到的困窘；而经他关照，我服务的单位，仿佛被一股电流注入，刹那通畅。"雪中送炭"者的妻子开口索礼，你再意外，再觉得可笑、脸皮厚，也要懂得礼尚往来吧！

我大概是遭遇礼物压榨程度最浅的，也从不追忆桩桩件件。但某次遭遇，让我懊恼了几天，觉得自己有时候，连主动地送次回礼都缺乏掂量意识。

一位爱说漂亮话的奋斗者，打电话来落实我家地址——其实他早就在邮寄登载他事迹的刊物时获得了。电话里，他对我接礼的推辞，也早构思好对应词：

"你要实在过意不去，就照单付费。我代理的这个XXXX，给你打八折。"

黑八来我家挺晚，是发现"熟透"了的狗狗巴顿开始了寂寥的苦闷后。与它的伙伴哥哥不同，黑八生性将精力用来观察人世，有时候，你会为它的心里有数而生出一些莫名其妙的感慨。

啥？送人年礼，还要收人现金？

人际关系里有个原则："不看僧面看佛面。"

介绍他走到我身边的人，被我尊重且最近与我闹了点小误会。赶紧给了他地址，还在想，哪能仅仅付八折钱呢，必须用实物加倍地添送一份人情。

于是，遵循送礼送双份世俗，立马转给他两个年轻学生快递过来的两箱东西。

找快递小哥处理事情的司机后来问我：

"你怎么要给他还几千块钱的礼？咱们的礼盒上标明：樱桃2400元，那是10斤冬天大棚里的美国红；螃蟹1888元，也是当下市场上最贵的。"

嗯？

我赶紧竖起食指提醒他不要声张。要是儿媳妇知道老婆婆为两袋不足百元的饺子付了那么大的智商税，不得偷偷笑一场！丈夫要是听说了，会在饭桌上找到话题，指着小狗狗嘲笑道："到底谁一天不犯错误就不行？！"

虽是小事一桩，可心里窝囊。

说漂亮话的先生，将我送的礼物，拍照在朋友圈炫耀，说我称赞他代理的商品"简直就是金不换"。

不过有时候，我还是挺感谢现在流行的各种比现金更"体面"的礼品盒。

近些年，每到春节，几代铁杆学生，还有平日里遇到困难需要你"该出手时就出手"的各界熟人，像事先商量过，一概遵循孔老夫子"自行束脩以上，吾未尝无诲焉"论述，把平日欠的学费、劳务、稿酬，以及不知该对心血、胆识、文案等如何付费的尴尬，一股脑儿化进年礼。

临近年关，我就像巴尔扎克笔下的吝啬鬼葛朗台，十分辛苦地点数密集的大盒子小箱子；塞满冰箱后，还要将需要照拂的家族老幼，远方惦记，以及脑子里装着的需要个人给予慈善的对象，把他们的地址打进微信，请快递小哥和物业师傅们，将上等粮油、珍奇点心、冰冻海鲜、精美茶食……速速转发转送。

沾了喜庆的熟面孔们，在接过我的一点儿表示后，会交换感受：

"看人家，不是官不是长，退休这么多年了，还有这么大的面子！"

可礼物毕竟不是现金，储存和转交都令人头疼。当把包装得越来越精美的礼物，因无法保鲜而不得不狠心地处理掉，那可真是一场让心抽搐的伤逝。

我会想起早先看过的资本家倒掉市场没卖完的牛奶的纪录片；

会想起贪官污吏家的别墅，那些肥耗子把珍奇存礼撕碎咬烂……

最惨痛，如果有新闻告诉你，饥饿正发生在与你同时活着的遥远的地球另一端，甚至就在身边。而你，正把过期的、可以饱食的食品扔掉——你会觉得，是自己，让披着金灿灿光泽的年礼，短命，早死。

礼物之殇，时代病症。

心眸

　　心眸，不是通俗的词，若写成心眼，又觉得似有贬义。在父亲的辅导下，少女时候读孟轲的"眸子不能掩其恶。胸中正，则眸子瞭焉；胸中不正，则眸子眊焉"，就喜欢上这个不常挂嘴上、泛指眼睛的"眸"。

　　记得第一次窃用"心眸"这个词，是在庄河。

　　我挺着貌似怀了双胞胎的大肚子朝母亲的茅草屋喊：

　　"妈妈，我回来啦！"

　　一条大狗，窜出院子，吼叫声吓得我不敢挪步。只见我家后代中第一位男子汉健健飞快跑出，使劲用手掰着警惕性和战斗力都强悍的大黑狗的脑袋，瞪着眼睛，不断对我安抚道：

"毛姨，没关系，你进来吧！"

见我迟疑，他把黑狗用绳拴好，快速推开栅栏，扑到我怀里，仰着脸，一双不大的黑眼睛涌出无比的欣喜和炽热，不断喊道：

"毛姨！毛姨！毛姨！"

他刚满三周岁，但在一个缺少男丁的家，已经很爷们了。

"毛姨，你怎么长成这个样子了？

"毛姨，我好想你好想你！

"毛姨，你带小弟弟来了吗？……"

我紧紧搂着小外甥，感动得眼泪差点儿滴到他脑袋上。

我们有多久没见面了？他会如此想念。只记得给他买过一顶当时流行的小红帽寄到庄河；写给爸妈的信他也不会读到，怎么就这么亲！

我的旅行包被他拖到门槛边，放下后回头看了我一眼，又小心翼翼地伸手摸了我的肚子，恍然大悟地自我开解道：

"小弟弟还在毛姨肚子里吧！"

那份抑制不住的兴奋和亲到不知如何表达的热烈，让围上来的家人都欢喜不已。

我赶紧说：

"明后天，弟弟就会和你见面。"

待弟弟在隔壁下放户奶奶（城里某医院的助产士）帮助下顺利生出，大人们都散去，他一个人掀开门帘，探着头，久久瞅着襁褓中的弟弟。我从没见过那眼里的内容——源自心底的亲昵、爱护和惊喜，说不出的好奇与珍惜，让我突然觉得世界被这个孩子收缩到一起了。

　　健健的妈妈，我的二姐，是知识青年，因爱人在上海工作才会聚到庄河父母的茅草屋。

　　大花袄，是那会儿的正规外衣。做妈妈了，从庄河木匠铺的热炕转战大连长兴街的板铺，我剪短了头发，儿子长出眉毛。不到四个月，我拿着吸奶器出差，几十天后回来，发现喝兑水牛奶的婴儿，也可生出胖嘟嘟的脸蛋！

他完全不明白"动乱"给一个非红色家庭带来过什么，只是不喜欢毛姨离开，不希望爸爸好久才回来一次，不知道爷爷有没有可能会随时被带走。

但毛姨回来了，还生出个小弟弟，他的心被高兴塞得满满当当。

疲乏到极致的我，瘫在炕上一动不动，都说我胆子大，还敢到医疗条件极差的偏远地庄河生孩子。然而，哪里有母亲，哪里就有生命保障。我心安理得躺在热乎乎的炕上，就连吃糖水鸡蛋都恨不能只张嘴不说话。不晓得时间过了多久，睁眼却见健健一个人靠在炕沿，瞅着他的目光，我心里突然涌上"心眸"这个词。

无瑕的眸光，才是从心里升腾出来的爱之浩渺！

一晃，健健已入中年。他始终是我最不需要费力沟通的亲戚。我也从没跟他提起那个夜晚他给予我的感动。妈妈在世时说过，"健健就像你生的"。我没做解释。人际关系，无论有无血脉，有些需要建设，维系；有的什么也不需要，只要对方存在，哪怕远隔万水千山。

第二次在心里默念"心眸"，是一张纸条引出的情节。
日子在1979年父亲平反回城发生巨变。

我们的家，以上级配给父亲轿车为标，已是天翻地覆。这天，父亲的司机匆匆来到我在沙河口的家，要接我回去。

父亲从不公车私用，但小纸条打破了规矩：

"毛毛，你回来吧。妈妈含着眼泪在做饭。"

我妈妈是个泪点很低的人，她确是因我夺门而去伤了心。

几十年过去，我完全想不起来因为什么同她老人家发生龃龉，但性格相撞，喉有骨鲠，倒是早年间我与母亲不大和气的经常。

妈妈生而良善，尤其同情弱者。在家中的体现就是偏向二姐。她老觉得二姑娘相貌不如姐妹已先天不足，本是赢弱的早产儿，偏偏又赶上"动乱"辍学和上山下乡。所以，妈妈事事要替二姐争，而乖巧的二姐从不与她顶撞又占据了"懂事"的上风。大姐因出身问题被抽掉高分卷子，早早到西北去谋生，这也让妈妈觉得欠了大女儿的。

周末团聚，家里常有这种景象：

大女婿手舞足蹈高谈阔论法式餐饮规矩；二女婿坐在藤椅上跷着二郎腿翻看《参考消息》；唯有我家先生，会被安排到各个房间去做应急小修理。

倒不是老三家的先生心灵手巧，而是出生天津卫大户人家的大女婿，不好指使；老二同妻子一样先天体弱，原生家庭又重男轻女，就让他歇着吧；唯有三女婿，兽医的儿子，性格憨厚，且尊老爱幼，招呼得动。

也许那天我家先生有事要办，反正丈母娘嘀咕了，也让我爆发了。于是乎，愉快的星期天，让在书房奋笔疾书的老父亲专门为我写了传情达意小纸条。

几年前，父亲从牛棚放回来，一床被血迹浸透的被子和几件经他亲手缝补的衣裳，让我什么时候想起都心头颤抖。但他从未告诉家人自己挨过毒打，就像他从未对自己没有儿子懊恼过。但他允许我被家中女性安排去剃小分头，也可以混迹男孩堆。成年后，特别是1978年以后，我们成了志同道合、无话不谈的知己。再往后，当他被央媒称为科学家、教育家、社会活动家，以及可以阅读部级文件，他会把到北京开全国人大常委会、农工民主党中央会上发生的事儿，和许多名人奇事让他产生的联想，不失原则地说些给我。让我这个甘于做艺术的小作家，不至于道听途说，下笔随便。待他进入晚年，我们已经完全建立起同道和同谋的绝对信任。

父亲深谙我与母亲肚里各有一本家庭关系账，但，家中规矩，如同房檐下的旧家具，不动它，就能保持静物无声。

摁响门铃，我立马见到搬个板凳坐在玄关前等候的爸爸。四目相对，我的眼睛立刻红了。

　　爸爸起身抬头，浓浓的慈爱和见到幺女后的欣欣然，蓄满眼眶，那种欲说还休，似要替妻子认错的打算，让我忽地心酸——

　　"我干吗要跟历尽千辛万苦、操持一个大家庭的母亲发脾气！

　　"妈妈对爸爸太好了。对三个女儿，哪个不是力尽所能……

　　"爸爸，双腿两手都在时代的'立交桥'上奋力，活得太辛苦、太操劳！不该让他为我分心……"

　　见父亲有准备地做迎接，我都不好意思往前跨步——我们俩一个快速整理手中的纸笔；一个边换拖鞋边用手背抹眼泪。

　　瞬间，久久不抬头的我，心里竟涌上早就远去的那个词——"心眸"。

　　爸爸此刻的神情，只有慈父这一个角色。

　　我依然没法与他对视，赶紧钻进厨房，配合着妇女同志们忙活晚饭了。

　　至今，每瞅一眼父亲的遗照，我都会盯着他深邃的目光让思绪飘荡一会儿。那是张劳模学者肖像，可在我心里，他的眼神，永远有着意味深长的叮嘱。记不准了，好像——那天晚饭后，父亲同我聊天，似不经意地告诉我，如何在最后那一天捐献他的遗体。

人们说我长得像爸爸，其实就是眼窝一样凹陷吧！但骨子里流着杨烈宇的血——我们同为O型，只要相互对视一眼，父女间所有意思便全部抵达。爸爸这辈子最后说的一句话，是告诉我招呼医护休息。能体谅，会关切，也是爸爸赐予我的精神遗产！

嵌进心底的父亲的心眸，让我永远存有感念。

关于心眸，我也有过别样体验。

T兄，是众多异性朋友中，唯一让我只记住眼神而忘记相貌的男人。

年长两岁，没有工作交集，偶然得知对方是老乡，自然亲近。他的下级、一位崇拜上司的某女士，属于恨嫁老姑娘，她非常喜欢给我讲这个穷得掉渣的曾经学长如何升降如何转型又如何淡泊名利，相当于一部充满细节的非文字报告文学，且又与现实发生极度可信的联系。

譬如，他性感的臂膀和双腿，是大学四年无钱回乡探亲，每个假期一边在工地打磨水泥地，一面苦练双杠的意外收获；

再譬如，他娶了实习时候帮助过他的老师傅的养女，婚后并不幸福却安分于家庭。

有这些铺垫，再遇到有他出席的饭局，我会缀上一句：

"太好了！"

十几年里，我们之间唯一的共同点，是拒绝参与呼隆得忒响的同乡会。我是孤僻惯了，T兄则是位高避嫌吧。他曾问我，作为在乎名声的名人，拒绝会有心理负担吗？我说，反正已经被视为孤傲典型，增加几句不满没啥。

他会绽开一口白牙，身体后仰着笑出声。

真的发现自己被他喜欢，是在某大学的一次讲座上。

突然，听众里有双眼睛，闪烁着炽热，那不像学生，可能是暗怀"钦慕"的老师。

八九十年代，因为做了件顺应改革开放、让城市驰名的事儿，我被各界人士误读为富有魅力的"女神"。凡超越常态的异性痴情，只要不近身造次，不让彼此难堪，我都会将公共关系做得娴熟且不留麻烦。

这双眼睛有点熟……

嗨，熟人多着呢！

"怎么是你？"

待给排队学生签完名，我突然发现，T兄就站在走廊一侧。他说，正参与在这所大学举办的一场司局级干部培训，他冒充学子蹭了一堂我的讲座。

想起我很潇洒地回答外国留学生涉及"爱情观""金钱观""名利观"的提问，便半开玩笑半认真地问他：

"我说得很个人化，没走板吧？"

会上，一位自称在大使馆工作过的拉美籍男青年，故意用"女鲁迅"来恭维。若回应不好，会出洋相。我突然有点忐忑……

他立马接道：

"那个回答，让人既意外又佩服。我这才晓得，你这个妹妹，不仅仅是个才女。"

"妹妹？"

别人说出来是中年油滑，是越过影壁自己跨进堂屋。

我接触各类以权谋色的官员多了，对付那些道貌岸然的人，早已技巧娴熟。但他也会……？

不觉掉过头。我不希望他也将有分寸的钦慕坠落成别样腻歪。

只见他的眼神在躲闪。

一会儿转过头，他问我要了电话号码，我这才肯定，听众中那双炽热的眼睛就是他。

显然，他没关紧自己的心灵窗户。

之后不久，微信兴起。

他没问我要。

我也想过，此人绝不会做越雷池半步的事。

碰到工作需要，始终倾慕他但并未与之建立暧昧关系的女下级，倒为他们需要的讲座啊策划啊评奖啊什么的，以他和单位名义多次找过我。

风云变幻，我们有了单独的交集。

我突然遭遇财政困顿，不知道他从哪儿得知消息，让爱慕他的女士速速打给我伍万元，说是补发单位欠我的劳务费以及预订以后的讲课费（女友说，那笔钱根本就是他自掏腰包）。另外，他奉调京城，须立马出发。

我追问女友，是不是她多说了什么。

这位很可爱的女士，一个劲晃脑袋，有些伤感地透露：

"其实这次调动对他不算提拔，就是找个傻瓜替上头得罪人。"

巧的是，几天后，在周水子机场，我们对头走来。

他一个人，我也是一个人，都是行色匆匆。

就像熟人擦肩而过，我们微笑着点头，然后交叉着各自大步走去。

突然，我转身高喊，为那笔急救用的钱向他致谢。

只见他倏然立定，背对着，似乎在思考要不要回身。

"T兄！我们后会有期哈！"

他终于回身直视，那双眼睛，堆积着太多……

我，只觉得遭遇箭射，一束"心眸"的光，亮着，朝我凝视——让人读到，爱慕却绝不叨扰的自觉，和一个男人压抑不住的滚烫情欲。

我有点儿慌乱，朝他挥挥手。

就此，我们都步上命运剧本早就写好的生活轨道。

一晃十年。

某日，我突然觉得有种思绪在搅和安宁，跟先生说，谁在念叨我吗？怎么心里七上八下，好想大哭。

两天后，那位爱慕他的女士，已经久不通电话的女友告诉我，T兄罹患癌症，经久不治，驾鹤西去。

不知道是不是量子纠缠，总而言之，我感觉到他的思念，却始终回忆不起来他的相貌。

想啊想啊，唯有眼神，那束"心眸"之光，给我留存一点儿刻骨铭心的温暖。

　　不说得故意，其实就在不经意的沉默中。抑或，早就说给不长耳朵的任何相关生命听了。

善良的钢琴声

记不起最早接触钢琴是哪一年，但我们自己的小家，却在没等建成，就把拥有一台钢琴当成婚姻大事。之所以称为"小家"，是那会儿双方父母都在世；我们的年岁，完全符合单位规定的男过26，女过25。"文革"尚在进行中，拥有钢琴计划，远比今天购房买车来得令人惊悚，所遭遇的责难也很有时代感——某位同样做音乐的女士在开会时候，义正词严批判道：

"你说他们的生活有多糜烂？不等结婚，就计划着给孩子买钢琴！"

"糜烂？"

气得我差点儿把新华字典举起来朝她摔去。

当然，对这种乱遣词造句给自己做政治装扮的女士，我不必对她的嫉妒和没有道理的阶级优越感耿耿于怀。但作为三观和谐的爱之"信物"，我们夫妻，最终还是拥有了一台钢琴。那是婚后，在替上海朋友从大连淘琴的呕心沥血中，斩获的"成全"。

在以异域风情驰名的大连，钢琴颇有说头。譬如，大连绳网厂、缝纫机厂、罐头食品厂……似乎和古典浪漫派音乐的象征毫不搭界的一些厂矿，那里类似工会干部的活跃分子，会到处替单位寻找用"垃圾"钢琴兑换时尚办公用品的机会。我的丈夫徐横夫，因在市群众艺术馆音舞部工作，又以即兴钢琴伴奏出名，自然是他们寻猎的对象。

就在徐横夫为自己买不起复印机、照相机、打印机等交换物而暗自叹息时候，蒋晓松来了，他说，"如果能有合适的，咱们换！"

蒋晓松是谁，是出席新中国第一次全国政协会的上海滩最著名电影演员白杨女士的儿子。

他的表嫂，我的忘年交李昕大姐，让蒋晓松通过徐横夫的一次次跑腿，找到理想的雅马哈钢琴；他还赠送给徐横夫可以用来为自己易物的两个上海仿莱卡相机。

新旧相抵，各取所需。一年后，我们也得到绝对感受"垃圾"地位的一架德式希尔斯大三角！

大卸八块的九尺三角琴，是比"生活糜烂"还让人心生闹腾的堆积物。

命运不济，天地怜人。

有个叫张少美的扬琴手，大大方方让我们把豪华废物，给卸到她家宽敞的夹层走廊上。

不知何时会得善终的这台三角琴，在那间和风别墅，享受着冬暖夏凉待遇，却足足蜗居了五六年！

好多个星月交错的夜晚，带着白天从单位听了N遍的徐横夫弹奏的琴声回味，我会想象那台三角琴站起来的模样，想象着它在音乐厅舞台上黑亮黑亮的尊贵；有时候，它甚至会幻化为肖邦和乔治·桑拥吻的依靠，将充满华丽的旋律滑过我的耳畔。我知道我们家永远无法给这个"希尔斯"提供声震八方、销魂蚀骨的表现空间，但我相信，无论哪年哪月，它一定会有"春风得意马蹄疾，一日看尽长安花"的日子。

终于，希尔斯登上舞台，奏响《欢乐颂》。

儿子过二十岁生日那天，我们一家，簇拥在用九尺大三角换来的老牌立式"韦伯"前，尽兴歌唱了两个小时。

　　促成以物换物交易的另一位能人说，钢琴木槌上沾的土，曾被多瑙河的风吹落，之后辽河的风也掺和了一把，直

　　这是从辽宁电视台拍摄的专题片截图下来的真实瞬间。家中成员，早就各自忙起来了，每个角色，都有自己对待一首歌一支乐曲一个事件的清晰主张。1994年秋天，我们，集合在共通的旋律里。谁能想到，钢琴会给这个家带来一个贯穿历史的"梗"。

到，让懂得它的中国人给弹飞了。

"当然"，喜欢吹毛求疵的人很是显摆了一番：

"这不，一百年前，希尔斯三角琴，是南山德国领事馆的奢侈摆设；五六十年前，韦伯立式琴，是寺儿沟看门老头家的废旧物件；嘿，都是德国造哈！最后……还是让不出名的修琴师，把这个没了爹妈的家把什给拾掇年轻啦！"

弹了一溜琶音后，此人得意地留话：

"徐老师、杨老师，也就你们吧。要不，谁舍得把这么好的钢琴从沈阳专业大团给运来。"

"可我们提供的，是价值连城的九尺希尔斯！"

倘若历史老人委派几位故事手，专门就大连城区各种日产、德产、美国造的钢琴，来写写它们的前世今生、奢贫变迁，恐怕会带出不少雅痞趣闻。

……

20世纪最要劲的几年，儿子在海事大学攻读国际海商法，我们在新的平台上熬成业务骨干。然而，无论是当专业干部还是做行政管理，孩子他爸爸同钢琴的关系始终密切。

自20世纪70年代初，徐横夫在单位里就有虽不专属却任由他24小时使用的钢琴，除了在八小时里辅导农民、工人、战士等业余音乐作者；下班后，尤其是每年艺术院校来连招生，不知道有多少父母带着孩子站到徐老师的钢琴前。

出于种种考虑，徐横夫几乎拒绝任何一位孩子到家里来单独授课，仅我见过，在群众艺术馆音舞部被他辅导过的孩子，在成为长影乐团指挥、中央音乐学院教授、电台音乐频道总监，还有撒到各地成名成家的音乐种子们，往往会在长大后，才到家里来拜会恩师。他们既用实力让升了职的老师"刮耳相听"，更会拿起琴柜上的书，夸张地赞叹：

"徐老师，忙了一辈子，你还有时间写这么厚的大部头啊！"

被媒体誉称为知名演出家、音乐曲目学家、音乐学者的徐横夫，会即兴地配合着年轻的"家"们，重温一段音乐赋予他们的生命密码。

……

说来惭愧，虽然在儿子小时候练完琴，我会跟他念叨贝多芬的名言，李斯特的追求，自己却从不用手指触及琴键。

大概是知道这碗饭"不好吃"，也是太晓得短板很难抻长。

儿子开始做结婚打算了，除了我们住的单元房留下老

儿子徐杨五岁时候
就敢到舞台上演奏一支乐
曲，他的妈妈，却从不碰
任何乐器。太了解自己的
短板和给懒惰找借口，都
造成我与钢琴近在咫尺却
从不曾演奏。

"韦伯"，还专门托朋友，给拥有大房子的新婚夫妇，买了
台国产诺迪斯卡七尺三角琴。

21世纪初，钢琴，早已超越艺术上的古典浪漫而成为家
居品味和持家美学的某种象征。我们家的琴，也多半交由徐
横夫一个人来享用闲情逸致。他会随便地、散淡地，即兴弹
上一阵子，那种惬意，与窗台上的四季花语，倒呼应得蛮相
当。

就像一夜间经济大环境给老百姓的日子带来剧烈冲击，

连续两次新冠肺炎，击倒了徐横夫的身体。

随着他的双腿佝偻，我们家的琴声也陷入喑哑。

不是说，与生死相比，所有的事都不足挂齿吗？

没人弹琴又怎样？

我一面庆幸丈夫两次体内大出血，竟能瞬间得到亲人照拂，特别是第二次，始终处于奔忙中的我，就站在他身边；一面神伤，四次ICU，让一位声音洪亮、热情待人、满眼都是活儿的东北先生，清楚地听到死神呼唤。

呜呼！

七个音符写不尽的人生啊，总是悲喜交错。

不知在哪个节点上，我们已不再与修琴的刘波联系，而是仅仅用专门的黑丝绒，给新老两台几乎等于家具的钢琴擦拭面容。

在我们这个家，书柜与钢琴，是生活的衬底。不管电脑、手机换了几回，钢琴的声韵，一如书中哲思，是不对话也明白彼此的亲情。

有一天，我对丈夫讲了些秘密。

譬如：

"泌尿科吴主任说，你们这家人啊，少有！你和你儿子，至少各给了徐老师五年的寿命。"

……

"横夫，你知道从ICU出来，最让我恐惧也最值得庆幸的那次，医院收咱们的自费是多少？"

他用双手摁住轮椅扶手，紧张地张开嘴巴。

"儿媳妇和朋友们，都慷慨解囊，帮助咱们一次付清

那会儿的徐横夫同志，以即兴钢伴和教授声乐而整日忙碌。后来他组建了大连历史上第一个古琴研究会，很多年轻人会问，如此儒雅的徐老师，可是那个在钢琴前生龙活虎的徐老师？就连我都曾经以为，徐横夫与古琴大师顾梅羹先生的师生情谊，发生在他学习钢琴之前呢！

29.8万元！"

……

夫妻间不可能说什么"聚爱成光"的鸡汤话，但在细细碎碎的聊天中，相惜共情，就是心里听得到的美妙琴声。

慢慢地，我们又看到徐横夫自顾自地弹起琴来。

不像送别24小时护工的那天，大家将他抬进儿子的大单元房，他在诺迪斯卡上弹奏一支歌，来表达全家人的真诚感激。现在，是他自个儿，用轮椅磨蹭，从卧室到起居室，经我帮助，蛄蛹到老"韦伯"前，自己掀开琴盖，手指辛苦地起落，并一点点试探，一段段组成，旋律虽不流畅，但音符很是对头。

我能听得出，他不断用琴声向世界叩问：
"我，究竟属于生命的什么阶段？"

看来，邀请刘波到家里来拾掇钢琴的时候到了。

可青丝白发，岂是时间单挑人欺！
德式韦伯立式琴，也垂垂老矣。
而且钢琴置放的位置，简直，就是作茧自缚——为什么要让轮椅在如此逼仄的地方，一回回地艰难蛄蛹？

于是，和刘波的交流，不是调理旧琴，而是拜托他再买一台新的钢琴。

大连世界音乐博物馆创始人张敬轩在电话里问：
"找哪家媒体来报道这件事儿更合适一些？"
他觉得接受艺术家自愿捐赠，是一条刷存在的大新闻。

没必要告诉他，赠送一台百年老琴，于他是一种收藏的添置；对我们家，则是对"过去时"的潇洒挥别。

"不需要。只要韦伯到你那儿，和你曾经搜集到的文物共享尊崇就OK！"

还是刘波，在乐器界有着良好口碑的厚道人，向我们推荐了一款别人请他转手出售的中国产几乎全新的罗西尼钢琴。

"刘波，你可别在我们这儿做赔本的生意。"
我在电话里说。另一句话，我留下来了——
"请用心挑哈。这台琴，对我们家，不是破费；而是有了'进行时'的新乐章！"
待横夫兴高采烈从刘波的琴行回来，我不仅听到交易价格有多么令人惊讶，还掌握了钢琴行情所带来的尖锐信息。

再不会有人像当初的我们，像徐横夫曾经辅导过的几代孩子，像某些并不懂音乐的陶冶价值却希望把最好的东西都买给下一代的家长们——太多太多的普通人，已弃钢琴而决绝。不少家庭，放弃钢琴去购置七根弦的中国古琴。

社会的脾气，就是这样任着人类发展的性子而变。

以电脑专家独立于世，被我们用"糜烂"的钢琴梦抚养大的儿子，赞赏我在家居布置上的进步：

"妈妈，钢琴换了地方，爸爸可以任随自己的身体感觉坐到琴前，就连钢琴，也会为位置的恰到好处而感觉舒坦！"

只要精神好，与治疗时间不冲突，徐横夫会在早八点后晚七点前，借助轮椅磨蹭到钢琴前，绽放他即兴弹奏的才华。

好多次，我会在心里喊：

"谢谢你啊钢琴，你让祥和返场。"

隔一阵子就要到我家取旧报纸的楼下邻居，每次都要说几句好听的话。

有时候黑虎妈妈会说：

"除了徐大哥，全楼再没人弹啦。早先那些教钢琴的，谁弹得也没有喃家的琴声好听！"

有时候干脆夸奖道：

"老徐大哥人太好了，从来不用自己的爱好来扰民。所以，什么大病都绕他而去！"

有时候，她还会代表民意：

"楼里人都说，过得多好都不嘚瑟的家庭，听琴声就能听出来。"

我只能咧嘴笑，啥话也不好回。

但最近这次，黑虎妈妈破天荒倚在门前，认真听徐老师弹奏电视剧《人世间》片尾曲，她听得眼泪汪汪。

我终于回复了：

"我们这辈子啥都经历过。就连钢琴都跟着挨骂、受罪。可它，永远都那么好听。钢琴真善良！"

昼夜之间

在微忙稍饿中，认真晨起
早睡了
当老、老、老的褒贬
似季风恣肆刮过
生活的滋味愈发醇厚！

存在，需要刷过来刷过去的
变得油腻吗？
心语喃喃点击成字
也是穿林打雨的
生命交响。
心跳，就是指挥棒

留白，可学泡菜
捞出来的味道，酸辣辛甜。
没有南北通吃的舌头
岂能品出活着
堪比八大菜系的丰盈鲜香。

不入魂灵的书翻也就翻了

什么书能经久不衰？答案肯定不同。

在市青少年宫，和喜欢读书的百十个家庭聊天，聊到兴奋处，学着卜劳恩画出来的父亲，举起枪，朝假想中的面包机射葡萄干——"嘭"！随着一声拟音，全场发出会意的欢笑。几乎所有捧着书的娃娃、照看孙辈的老人和希望同子女一起成长的爸妈，都浮现出一个有趣极了的画面。那是德国巨匠卜劳恩送给全世界的《父与子》中的一幅温馨图像。不得不由衷钦羡这位英年早逝的作者。眼下，我们并没专门讨论漫画书，更未涉及德国文化；可那本小小的书所传递的正直、善良，所营造的达观、幽默，早已跨时空嵌入读者的魂灵。

有的事情真的不可思议，仅凭一个风趣演绎，就那么直接地勾出人们对一本老书的印象，并唤起对美的某种通感。而我也借机强调：

"养成阅读纸质书籍的习惯，应依靠并不苛刻的陪同和充分信任的放手。"

记得童年时，在父母给订阅的各种儿童书报杂志外，最让我欲罢不能的，是外公手里的《聊斋志异》。因为没有白话对照，很多语句情节顺不下来，总是打乱顺序瞎胡乱翻。万幸没被大人呵斥为"除了满世界疯跑就是满脑子鬼神"，我想，自己断不能在往后的日子，从蒲松龄到施耐庵，从山东籍的孔子到出函谷关的老子，由浅入深，始终快活地、不惧高下地在书里叩问圣贤。外公呢，他总是戴着金丝眼镜，慢悠悠翻页，意幽幽地，摆他加过工的龙门阵。倏然几十载过去，待有资格到中国词坛泰斗乔羽老先生家里做客，听他给我读得意的新作——为电视剧《聊斋》写的主题歌《说聊斋》歌词，当听到"牛鬼蛇神它倒比正人君子更可爱"，不禁开口评说：

这一句，是"词胆"。

正好那天我穿了件红衣裳，乔老爷喜获知音地大笑道：是辛十四娘转世了？

我也一语双关回他：

虽然俺没骑青色骡子，但敢保证，您这首歌一定流传！

因为爱书，能借到、买到的书，在少女时期都被我不分贵贱搜集到手。妈妈时常帮我将卷边的《雷锋日记》《安娜·卡列尼娜》《死水微澜》《青年近卫军》等杂七杂八分别理好再塞入我的书柜。爱屋及乌，或家风遗传倒也没啥，幸运的是有位叫韩岗长的歌舞团党支部书记，竟拿我列的书单替我做入团辩护。知遇之恩，当初没觉得了不起，可现在回想，感动到流泪。一个党员干部，精心呵护了青年人好读书的初心，不啻是种很高贵的马列主义修养。

　　虽自以为并不唯文学是举，在社科书籍之外还会做其他方面的补充，但完成跨界工作，免不了露缺乏系统教育和扎实基本功的怯。某天，儿子把他读了又读的《长征》《朝鲜战争》《解放战争》置我案头，颇有几分严肃地提醒：

　　"妈妈，别再用茨威格讲滑铁卢的语气评说那些重大战役吧……"

　　听得我心头一凛，难道茨威格写的《滑铁卢之战》，不是经得起推敲的经典？

　　待用半个多月昼夜翻阅，将王树增的几部大作啃完，待酣畅淋漓的过瘾消去再品儿子的话，甚为他的成熟感到欣慰。茨威格语气，未必在文学上没有价值，但战争哲学和战争艺术，是仅有文学情怀的作家驾驭不了的！任何一场震撼人类的巨大战役，需要用历史家的眼睛、军事家的专业、文学家的笔触几重相加，才能打开格局走进真实。更何况，一个擅长以细腻手法写男女情爱的诗人、小说家，很难揣摩出战场上人与时局的微妙变幻。正是：棋局早已终了，胜负也成历史。但假如我们有暇在棋盘上感受到那布局的奇妙莫测，感受到那每一颗落子的雷霆万钧之力，该是一种何等壮阔的体验！

啊，儿子不仅向我展示了他的阅读观，也让我反躬自省，是不是也有幼稚的"女阅病"。

最近参与了几个阅读活动，有的隆重，有的深刻，有的嫁接在多种文艺形式上。相信阅读，特别是滋养心灵的阅读会蔚然成风。在被追问读书到底有什么体会时，我只能说，"得志不猖狂，失意不颓唐"。因为那些伟大的著述人，自称沧海一粟，何况我乎？

好的阅读能用魂灵诠释书香。

反之，也就是翻书人做了一回觅食耗子而已。

不过也就10分钟

打扮得很得体的女士没端酒杯，一脸郑重地坐到我面前。那双眼睛，满蓄真诚和信心。

"真的？"

听我绝对真诚和不容商量的三次回绝，这位重量级女强人的表情静止了5秒钟。

然后，就然后地必须接受了。

我怎么能当容貌和瑜伽两个总协会顾问？

虽说全社会都没把"顾"什么"问"什么当真，可我真的不练瑜伽，也不觉得自己的容貌位居前列。

失望的背影和暗中嘀咕，无须我在意，实在没必要向他人解释自己的生活方式。所谓"身材无敌，年龄成谜"，庆典上的主持人可以用极其夸张的词汇来危言耸听，反正吹捧无须缴税；我却只在乎"情绪有度，不贪名利"的自我心理暗示。

如果我说，"身材无敌，年龄成谜，情绪有度，不贪名利"的修炼，都藏在10分钟里，会引来什么效果？是惊讶的呼叫？怀疑的议论？还是觉得我这个人当众凡尔赛而不自知？

许多年了，所谓"第一女神""城市标杆"……不管流行于社会的恭维是什么，我的身心美秘诀，几乎就藏在每天，雷打不动的，或挤出来，或玩笑着偷偷跑到一边，或者夜半洗漱前，累积的一个个10分钟里。

自从在电脑前敲完一小时键盘，站起来都觉得腰酸背痛、双腿僵硬，我心慌慌地暗自惊呼：

"老啦，每日8000步，绝对不可退缩。"

除非卧床，除非昼夜都在处理"被信赖"，除非家人需要我分分钟不离不弃地全身心服侍。

"岂可让一个个以10分钟为节点的筋骨运动、心理调适，随岁月匆匆化作 '流产'？！"

邻居们早习惯我在走廊散步。

住在同楼层的，易主后的人家也住了七八年，他们同我照面，只需回个微笑。我们都没觉得打扰了彼此。走廊散步，既可不踩硬物，避免硌疼有"一小堆"碎骨的左膝——半月板三级伤残，又节省社交装扮时间，晚上洗漱前，还可穿着睡衣走完最后一个10分钟。

但必须保证，绝对不侵占一丁点儿公众利益。

间歇性的，动静相宜的，有上肢肩颈、胸腔、十指、双臂、手腕等交替运动，有下肢抬膝、踢腿、疾步、跨步、起蹲等舞蹈式舒展运动。无严格训练指数，却唤醒全身，五官响应！将记忆操，叩齿操，放进晨练；将消化典籍、梳理思考、抓住灵感、理顺情绪，放进其他的三五个，抑或六七八个10分钟里。

概因如此吧，肌肉减少流失，四肢听命调遣，体重长期保持一百零二三斤却无须忌讳鱼、肉，喝令"嘴巴"减肥。跨中年进老年，至今，我的后背依然坚挺，步履可冒充女孩。最令人心生狂喜还有这样两处：

奇异的构思，会突然涌向前额叶；深深的长呼吸，将淤积的烦躁撕碎、散开，灰飞烟灭。

10分钟虽不是轮盘赌，然而，踏上第一步时候，收获很难预测；

10分钟不是留作业，也会被奔波后、劳作后，贪恋沙发躺平的慵懒，拽得想放赖；

10分钟不是惯性地肆意溜达，从小视频里学得的记忆操，从老话里熟知的乾隆叩齿操，全被续进一个个10分钟的坚持之中。

最好玩家里无人，只同亲爱的狗狗巴顿相互陪伴，而又快到喂它点心时刻，我走出书房，用左右食指交叉成"10分钟"意象，让眼巴巴瞅着我的小家伙明白，它的福利，一定会在10分钟以后得到兑现。于是乎，巴顿趴出优雅姿势，我便开门走到寂静无声的走廊。

那份"夫复何求"的惬意，真是好极了！

锻炼身体，也是中西医超越所有分歧，达成一致的蛮有趣理论。不敢夸口自个儿用自律换自由，但天天把全身关节活动开，不求医养生，不花钱续命，倒在我这儿成为享受生活的自然。

字说

中国字乃象形字，没人说它会发声。写出来，印在纸上，刻在硬物上，都由人来意会；哪怕盲文，不是象形，也须用触感去"读"。可我始终"听"得到字的态度。有的来自耳鼓回响，有的流淌在心里，还有的，是自己故意利用字来影响、逼视、管束和监督自己。

对字敏感，小时候留下两处：

小学二年级上语文课，老师拿我写的作业本朝全班同学摆动："你看看人家，比你们小两岁，可写的那才叫一个方块字呢！"

我只是方方正正把格子填满，却出了风头。

"那才叫一个方块字"被我咀嚼。后来做演员，化妆师常用妆术美化我的脸型，我会一次次想起孔老师尖锐的话声，不禁在心里叫苦：脸型方，是写字写出来的？

11岁半还多一点儿，受政治风暴刺激，逃出右派父母家，以自谋饭食划界限。许是因为人小，话少，信多，引起另种关注。被父母送回四川的外公，把他无法倾诉的担忧都写在清朝遗老通用的馆阁体里。歌舞团有位文化高，见凡人不搭腔的中年乐手，会专门从传达室取我的信并要听我读"谁给这个小闺女频繁写的信"。

这是令人很不得劲儿的事。

但听他对信封上的一笔好字赞不绝口，且对方又居高临下，我只好撕开信封读里边的字。

信瓤上的字，似乎更有平时外公自己写诗时候的那种随便，横横竖竖都好看，就是不好认。只能一个词一停顿，喘口气再读一句抬头看一下对方。

"……在新社会卖艺，当然不是卖身；但艺人有什么前途？古今有姿色的女伶，哪个不是以悲剧收场……你是我最喜欢的孙儿，实在不忍心看你连字都写不好就抛头露面干什么文艺……"

泪水糊住我的眼，读不下去了，哪晓得，听我读的人，也发出抽搐声。之后，那位先生不再给我取信，却在暗中佑护我少受欺负。

17岁左右，我成为团里推崇的读报人物，有一次，领导让我在歌舞团、话剧团、歌剧团三个团合在一起的大学习会上读"九评苏修"社论，读到其中一个成语"趾高气扬"，遭遇某妒忌狂怒喝："错啦，是chě高气扬！"那位还没变老的代理指挥乐手先生，立即用手指戳着我搁在讲台上的新华字典，正色道："这个字该念什么，你查过吗？你让这个字自己开口！"

眨眼，我在不大不小的艺术空间长成了老师、导演、总导演，甚至成为城市名流。也从童年描红写大字，到少年很想练好钢笔字，最终，弄明白自己只是一个能识几千个方块字，有点书香气的文艺工作者而已。直到终于可以依靠电脑来规避写不漂亮的一笔"字"，倒对字"说"魔力，产生审美痴情。

2001年初夏，时任辽宁省博物馆名誉馆长，中国书画鉴定大师，替故宫"打捞"出古画《清明上河图》的杨仁凯先生，来信为一件小事感谢我。为回应他"我能替你这个小朋友做点什么"，便直言不讳，向他讨字。

"生若直木，不语斧凿。"
这几个字是什么意思？杨老在电话里问。

不敢多言。

只是说，我想用您的字，给自己一些心理暗示。我能说自己总是处在超负荷、超关注中？担心自己修炼不足而心有幽怨，脸现憔悴？

喜欢明清家具的我，在作家张承志的文章里发现"生若直木，不语斧凿"的八字组成，扣合了我的心底寄予：无论经历多少刀劈斧凿、岁月磨砺，堪称经典的家把什——够资

儿子跟妈妈有秘密，在我们家是正常的。所以祥和、安静，所以能克服任何困难。虽然母子的强弱关系早就易位了，儿子也不喜欢我把这些照片拿来示众，可我，还是愿意显摆这种曾经，愿意把这种心心相通，视为家庭珍美。

格的明清家具，任何一件，总会包浆幽幽，经年不朽。

十几年后，杨老的书法大作被我悬挂到儿子书房。一天，为安顿好长久服侍他重病父亲的居家保姆的生活，我们一起将书房改为保姆宿舍。瞅着挂在墙上的"生若直木，不语斧凿"，我在等待儿子谈意见。

只见他久久打量，很轻松地说，留下来吧。

我们没就这八个字展开说下去，却一边倒腾东西，一边闲聊琐碎。儿子似乎有一搭无一搭地，手脚麻利间，很郑重地说了几句我从无期待的话：

"妈妈，您知道您这辈子做得最对的——我是说对我做得最好的事情是什么？"

"？"

"……"

我怔怔地站在那儿。

"一，您没按照自己的愿望塑造我，就是没设计我的人生。二，您给我做人打了个样。"

"哦！"

我们继续忙活。

东墙上的字，依然稳稳地悬挂在老地方。
生若直木，不语斧凿啊！

离开那间屋，我瞄了一眼杨老那充沛着金石气概、笔力遒劲的八个大字，突然觉得，已经逝去的老者，还在用他写的字和我们说着话。

诗意的，独自的

一般而言，我最盼望的惬意，是晚10点到11点的独处。

躺在相当于故宫皇上寝殿大小的卧室(不足九平方米)，感觉人洗得清爽，事情多被卸掉。于是拿起手机，寻找属于自己的节目。不好意思，我太喜欢人狗交集时的忠诚了！对那些将狗狗训练成世俗人精的节目，看了，笑了，皱眉后，会随意划走；若有想象不到的人狗情未了，而又极其可信，会流出非常非常值得的眼泪。

昨晚，发现个老男人，在几支救助队相助下，还是没法救出替他追赶被劫东西而陷入绝境的狗狗。小视频静静录下狗主人的样子。多日来，他每天爬十几里山路艰难地去给狗狗送吃喝，但仍徒劳无果。那强忍颤抖的瘦弱背影，让躺在床上的我，都想用拥抱给他安慰。专家分析：深坑上面的巨石因雨水冲刷，随时会粉碎，恐怕狗狗会瞬间死去。

老男人接受了残酷的现实，大家闪开，让他与它，做最后告别。四目相对，人狗情深：一个，含着深深不舍，抚摸甚至还在争取抱起对方；一个，满眼希冀，用毫不怀疑的在乎，以强大的求生欲拼命挣扎。抚摸，挣扎，挣扎，抚摸……身与手的交互，似乎……有了，开始有了，真的有了异样反应。镜头，跟着人心忐忑，竟粗制滥造地，记录下超出想象的意外——

还好，没说"双向奔赴，必有所成"这样的流行词；因多日折磨，狗狗竟消瘦到可以挣脱出狭窄坑缝的地步。

人狗相拥那一刻，我哭了。

美丽的，瞬间感动，乃至后来听到视频作者十几秒钟的瞎抒情，都没造成我的反感。即使有人打电话来为"讨教"常识再三磨叽，刚才那诗意的，独自的感动，依然存储于闭灯后的回味里。

寻常日子，有这些，就可以在心里喊一声：活着真好。
与都市兴起的人与宠物故事不同，有的诗意，会出现在

常跟巴顿念叨，你是黑八的哥哥，那些花花草草，就是咱们家里你的姐姐妹妹。动植物和人，会合在两代夫妻共享的两套单元房里，充斥着都市生活的凌乱。我那间八九平方米的卧室和十几平方米的书房，每天任由巴顿检索，它越是梭巡有劲，我就越是觉得它深谙我的心思。

高扬宣传目的，却被生活导演出别样情节的细碎之中。

2006年，有机会随"重走长征路"的媒体走了一趟江西。关于江西省少有路虎车的发现，关于老区加油站没有97号油的诧异，早已淡漠。一个热爱红军的年轻人，遭遇我的拒绝，那一脸复杂表情，却无法忘怀。

在江西赣州于都的贡水河边，我们举行了一个纪念仪式。这是媒体套路，总要把意义阐释出历史回荡。一个介于少年和青年之间的男孩，从抢着搬搬抬抬，到"我回家去拿"，热情得叫人心疼。他会制造条件，偎在长辈身边，我们中有的人不愿意了，而受我"纵容"，他仍缠磨得很。没人时，他问了我的年纪，便说："我奶奶送大爷爷们跟红军走那会儿——比你现在还小好多呢！"

1937年那会儿，三十几岁的奶奶，一下子送走七个儿子，只留下当时仅有12岁的他的父亲。

"我记得，身子直不起来的奶奶，每天都拄着拐杖在河边等，直到死，一个大爷爷也没回来。"

听他微笑着讲，我歪过头，看无言的贡水。

历史在人们的记忆里静静回荡，有的成书，有的，没有墨迹地铸成口耳相传的歌谣；有的，随血脉延伸。我理解这个少年对"重走长征路"的亲昵，越发待他如团队成员。

"我可以跟你们走吗？"
那少年，脑子里如梦如幻地憧憬着古今连接的美好。

我找到一顶商家赞助的红军帽送他，很干脆地回答："不行。"

他竟跳上还没拆完的舞台，给我背诵"红军不怕远征难"。最后做出静止造型。

少年的模样让我想起一尊著名的长征主题雕塑《艰苦岁月》。他入戏太深，以为诗意岁月，不仅在奶奶无望的企盼里，也在他向往的前路中。

繁星落在贡水水面，闪烁摆动，有种亦真亦幻的美。

第二日，最后一辆路虎车留下来只载我一个人出发。人们知道我易感且总有母爱抛洒，领队猜测，那少年会在某一处"杀将"出来，还开玩笑地叮嘱两句："别太把那孩子的情绪当回事儿，过不了一星期他就忘了。"

车行15分钟左右，司机说："您看那山头。"

果然，前方山头上伸出一块木板，上面有"红军不怕远征难"一行墨写大字，戴红军八角帽的少年，用力向我挥手。山一点儿也不高，我们可以看清彼此，司机很体贴地把车停下，让我们相互凝视。

司机同志后来说，人真是奇怪的动物……

现在回忆，我和那少年曾经的独处，是生活故意安排了一行清癯的诗，既弥补我对很多问题的少见多怪，又让我在母性世界，将巨大的苦难和现实的优越，贯穿进艺术家的良知之中。

几年前，在父母墓地，意外发现一个堪称工艺杰作的龙凤大花篮，非祭扫期，更不是父母生日或其他，就是一位游子，匆匆回连与我相会时候突发奇想，去他童年认识的一对伯父母墓地看望一下。

"啊，粉绿粉红相间，这是夫妻墓地的特供吗？"
雨水打蔫了花朵。

没有任何信息告诉我，有人到这儿来过。
早先写过诗的这位朋友说，"再没有比这个意外更让我相信人类世界的阴阳交流了！"

前几日，正在外地，也是夜晚躺下独处，突然收到一位兰花专家发来的小视频。他将浇灌兰花的全过程拍摄下来，让我读到他曾经的经验，和一切尽在不言中的智慧。
真是诗歌不语人自怜。
我家的兰花，再不会因过于热烈的疼爱而烂根了。

开个玩笑：总有人让我向女性传递养生养颜秘籍，我绝对不敢开这样的讲座。

但我会随口说一句："用黑色的眼睛，去发现光明；用温暖的心灵，去寻找诗意。一个人的气质，在独处时候，不需要故意拾起，却有养心安神作用——经常和爱的诗意发生量子纠缠，人，大概就在这种时候一点点地美起来。"

一个人的电影院

长在都市的孩子，总有一个电影院会留在记忆里。

虽然后来我也在庄河乡下看过露天电影，对那种人潮汹涌的欢喜保有印象，但走进一座楼，在封闭的暗影里盯着银幕，尤其是空荡荡的场子里只有自己一个人，直到打扫的工人走进，才恍然明白：原来比现实还生动的故事和让人不愉快的现实，竟可以这样瞬间断裂！

最早体会一个人的电影院，是在城市东头——据说是大连最早的电影院，名叫"东明"。无意为东明电影院争抢大连文化的历史之最，也在某些考据从前的文章里读到"友谊"和"东风"影院大名，包括19世纪李鸿章创建北洋水师，在旅顺修建了一处相当于海军俱乐部的地方，并在那比上海和天津还早地放映过西洋电影；但那不属于对外营业的电影院。我认定的大连第一座城市电影院，就是同学父亲担任经理的东明，那个夹在楼群中间的清癯小楼，属于城市老区寺儿沟一带的繁华标志。

不知道出于什么考量，东明电影院每天循环放映新旧电影。

我怎么会有一个人独自看一部电影的经历？

那得感谢某种无法定义的"特权"。

童年读书的桂林小学，位于大连南山，坐落于无大门的南山公园溪水沟前的坦坡上，学校还有另一处校舍，需要往山上走一条陡行的柏油路。至于操场，则是两个校舍间的一侧，碾压成平地的一大块黄泥场（总有人拉车到附近挖可用来脱煤坯的黄泥）。由槐树、杨树、桑树……各种大树和毛樱桃、夹竹桃、"小孩拳头"等灌木作陪衬，学校极富远郊气息。从窗户里和操场上，随时可以望见山峦与雾海。素朴且幽静的环境，让我不待学会乘除法，就领悟了——为什么大人们总说"大连是一座依山傍海的美丽城市"；也让我的女孩男淘（华侨代课老师的形容）禀赋得以充分施展。

我也不明白自己为什么那么特殊，经常趁老师背着身子在黑板前行书，或者突然出现胸口发闷的哮喘，就推窗跳到外头，或者独自离开课堂到山野间去。因为从没走丢过，模样也有些招人喜欢，大家便宽宥了比所有同学都小两三岁的杨教授家的小女儿。一天上午，我竟信马由缰，走到绝对离南山有好几里远的东明电影院。

曾经随同学——东明电影院经理的女儿朱秋芳和二姐等几个小女孩一起，享受过经理家属待遇。

半眯着躲避阳光照射的眼睛，我发现，认识我们的老爷爷没站在收门票位置上，但影院正常营业，于是，无须溜进去，而是侧身闪开穿工作服的大人，堂而皇之，推门入场。一会儿工夫，只见银幕上出现长春电影制片厂的片头，待开始曲奏完，还是没有其他观众。我发现，一个人或一群人，都是黑黢黢与亮光光对视，根本没人在乎，于是，心境远比在课堂上安然。不觉间，《国庆十点钟》的故事就专门为我开讲——其实我已经看过这部电影了，但身边没坐人，前后左右都没有，那种小姑娘成堆，推推搡搡地瞎打听，或者忍耐迟到观众的窸窸窣窣，磨磨蹭蹭，哪比得上一个人屏息凝神——明知是演的还愿意相信那就是真的，而且毫无打扰地，跟着角色紧张、害怕，跟着警察蹙眉、上火——来得有意思？抓特务，本来就是那个时期政治与艺术对中国孩子最好的精神浸润，我觉得自己真是得到比天下最好吃的东西还要美到不知道哪里去的最好最好的享受！

从此，我就"坐病"了。

哪怕长大谈恋爱，也还是神往一个人的电影院带来的巨大的、无法形容的精神富足。

后来有了思考，发现童年遭遇，会在不经意间，开掘出家庭和学校都无法给予的某种性情特质——在安全的暗黑空间，无拘束，纵联想；不必在乎他人存在或对方态度——银幕就是一个演绎场，完全可以纯粹地享受对冲激荡，高级孤独。

虽然始终回忆不起来我丢失在东明电影院的几个小时，后来怎么与现实生活对接，挨没挨过批评或训斥，甚至遭遇爸爸狠揍；但一个人的电影院——不是一个人看电影，却成了我始终不渝的珍爱。

当然，太奢侈的东西，永远不会唾手可得。

凭什么？

若电影院没了观众，怎么开得下去。东明，就是大连衰落得最早的国有文化设施。

再就是亲爱的爸爸，一个没有儿子的父亲，他似不经意地提醒：小姑娘家家，不要到没有人的地方久坐，尤其不要被男人盯上你的出行。一次，极其偶然地走到很远的大众影院附近，也碰上可以看一场一个人的电影的机会，却发现，有位先生跑到放映室恭候。

哪里还会找到独乐乐的感觉？

待长大成了社会角色，我已经要负责任地在会上讲："论电影消费，大连是长江以北仅次于北京的城市。"这样，几乎把暗影中的绝对安全独处，当成记忆棒棒糖，仅可在脑海中偶尔品咂一次而已。

但机会还是来了！

世交钱伯伯，大连理工大学的钱令希教授，退休后，成了我办公室里的贵宾。父亲生前曾遗憾和他无暇走动，哪晓得，在时间飞逝中，他却用鹤发童颜的气质，每每引来人们对我办公室现象的啧啧赞叹。

有一天，他突然问："你怎么对看电影兴趣那么大，你们家不是有好多光盘吗？"

呵呵，让我显摆的时刻到了。

恰逢奥纳影城孙经理来电话，我便将"请示、请教"逆改于对他的拜托。

一度，奥纳影城是大连新式大商场里最叫座的现代电影院，其大小影厅有十个以上，那份"星级功能"，被媒体山呼海啸过。可亲爱的钱伯伯却不知道。

当银幕上出现由小品名家黄宏导演并主演的《二十五个孩子一个爹》，老人家激动得简直要双手扬起——

"就为我一个人放？"

钱伯伯是本城第一位中科院院士，德高望重；何况正逢孙经理要跟我聊些平时插不进内容的"大事儿"！于是，一个人的影院，此刻仅仅属于钱令希同志。

当我告诉小孙，对近80岁的钱伯伯放心不下，咱们的交流就此打住。他笑出声来——

"老先生大概一辈子也不知道什么叫肆无忌惮吧？"

走进那个五星级豪华空间，只见钱伯伯一边用手指往后梳理发根，一边变换坐姿，还故意地淘气着，好像独坐的沙发，是受骑毛驴来的阿里巴巴同志神力所赐。他跟随情节而畅快自在地发出一阵阵的笑声。

简直不要太潇洒！

那可真是，在不同人身上，"一个人的电影院"能透视出时空转换、角色异位的迥异镜像。

生活，远比电影来得纷繁多变。

21世纪过去一二十年，故去的钱伯伯再也不会到我的办公室补偿父女情爱了。我也更换了标识价值存在的办公室。现有的对外"书屋"，源自微信名，也是弹性服务于载我生存赐我意义的社会吧。

当然，我不愁没影院可去，更不愁没有人邀请，出于各种需要，我还会十分注意搜集影院信息——顶着"文化学者、社会活动家"的帽子，需从多个侧面分析一些人文变化。电影及现象如何，到外面讲起课来，颇有代入感。

虽然，看电影出现多元需求，甚至会有大家族和平结束一场婚姻后，出资包场电影来文明地散席；

虽然，学生看电影的经费已被市场、人情、社交多方争夺；

虽然，各种购物中心里，还在加盖不可或缺的豪华电影院，但这座城市的经济现状，已经不宜再用"长江以北票房仅次于北京"来作情绪展扬。

……

我，还是习惯于享受一个人的电影院。

那不是出于偶然，也非社会位置的特权，更不是路过哪一家还要犹豫再三。我就住在奥纳影城旁边，属于同一个生活区。

每当尽好持家过日子的责任后，在丈夫的鼓励下，我会简单拾掇妆容，一个人到现在已经接受万达管理的奥纳影城去过一下"一个人的电影院"的瘾。

爱聚堆聊天的邻居们，早就习惯了我在晚饭后一个人去看电影。只要你善良，真诚，不装，他们集体批准我强化并坚守自己的生活方式。

走过微笑着打招呼的人群，很是自在。

七点半或八点十分的最后一场，真的碰上过只有我一个人的上座状态。但那并不能引起我"吃最好吃东西的"快感。相反，会涌上对经济的担忧，叹息友人遭遇失败；或者，遇到影片真的不咋的，会让我看得十分勉强。

多数情况，坐在稀稀拉拉的观众中，我会不受任何打扰地"一个人"舒服着；甚至为儿子帮忙买到上座率好的爆款电影的最好位置而暗自得意。

电影院已经看不到《肖申克的救赎》《天堂电影院》

《走出非洲》，甚至《血战台儿庄》《大决战》那样的经典了。但我仍会像当初观赏《国庆十点钟》，将王宝强的《八角笼中》看得热血沸腾。除了跟着创作者的思绪去相信，去悲喜，去惋惜，还会借影院里的声光电氛围，送思绪于宇宙中翱翔。至于"一生二，二生三，三生万物"的哲学畅游，那绝对不同于在剧场看节目；也会面对《奥本海默》，把第一、第二次世界大战的脑海存留镜头，用回忆叠印于银幕，然后联想：

一、"当初，社会主义国家和资本主义国家拍的战争片，都有大作问世啊！"

二、"如果第三次世界大战来了，我将要做什么？"

也会逼迫自己不带偏见地欣赏《只此青绿》。

我不会燃起"世上哪有王希孟，分明就是宋徽宗在故作隐喻"的话语表达冲动。瞅着画面，慢慢品读青年舞蹈编导和演员们，如何凝望历史，如何解析极富帝王意象的《千里江山图》；如何采用肢体语言，倾诉自己同千古一人——十八岁画家"共情"的追梦和造梦；还穿插着，把"不要什么都加以融合"的美学批评，轻轻咽下。

不随大溜赞美，但可以闭嘴。

就当是玩。

在玩中了然。

如果不会利用看电影来玩，也就是说，不能把兴趣融进不觉走进AI时代。人们急匆匆地消费手机，好多人家已经不开电视机了。小视频公开富人的秘密，说以电视为代表的低劣娱乐物，包括卡拉OK等，是金钱掌握穷人的手段。可没人诋毁电影，包括剧场艺术。艺术无垠，电影长寿。生活方式对人格和气质的塑造，可以顺其自然，也可以刻意为之。

玩乐之中，还一个劲儿地努力工作下去，值得吗？

所谓"一个人的电影院"对我，早就不是物质享受的必需。作为精神惯力，它的存在真的是美丽着的玩耍。

人们常常夸赞我轻松走过常人蹚不过去的灾河，我却觉得，那是太多的人没有找到精神沐浴法。

到电影院，安静地坐下，沉浸于好电影（未必全都合口味，糟粕也有投资人）的那一两个小时，是比恒河水、桑拿房，比最最高级的淋浴间，更能浴神换情的独享空间。

要知道，一张电影票，也不过就是一顿简餐的花销。

明天和意外哪一个先到

　　大数据，短视频，自媒体，流量是王道……爱你没商量。

　　就在懵懂着孩子们对语言的流变有着奇异天分，新的金句名言，已布满尘埃满世界飞扬。例如本篇标题，"明天和意外哪一个先到"，一点儿也不意外地，跟我撞了个满怀——2024年，农历六月初八，我乘朋友的车，到旅顺去。不过静动交叉地过周末，却因内容叠加，让一颗平常心似伸出两只手臂，突地张弓满弦，亢奋不已。

　　关于旅顺，可说的太多。
　　前有"一个旅顺口半部近代史"的书面认定，后有"开

火炬松，友谊塔，旅顺最显眼的景物。谁会想到，曾经被多种外语表述的一座远东军港，因历史地位特殊和军事管束严格，会在世纪之交一度陷入冷寂。然而，进入2024年，随便一举视框，魅力无穷的"半部近代史"，就会在脑海中悄然浮现。

放滞后二十年，旅顺退步半世纪"的坊间牢骚。

刚进旅顺地界，眼前就闪回出童年、青年、中年，无数个鲜活画面——看，那儿的火炬松多漂亮！

差点儿成为大连市市树的火炬松，早就不是什么稀有绿植，可保留在旅顺博物馆门前的围合树坛，打理得特别好。概是历史原因，解放后，学名龙柏的乔木，一度被赐名"火炬松"。瞅着似绿漆刷成，浓浓密密、枝叶华美的火炬松，蓦然想起：在我还穿着苏式布拉吉、两条小腿一刻也停不下来的童年时期，父母和徐伯伯两个家庭多次来这儿度假。每到周末，孩子们穿梭树下，笑声如响铃；女主人将带来的餐食，分放于餐布上早就摆好的餐盘里，口中哼唱着流行的苏联歌曲……成年后，偶读威廉·李卜克内西撰写的《忆马克思》，他描述曾与马克思家人共赴郊外野炊的场景，我在心里惊呼：那种温馨，和我周末在旅顺享有的快乐，不是一样嘛！

"记忆闪回"属于个人，集体活动被周雅书屋掌门人——姬巍，安排得颇具匠心。碰到旅顺博物馆前来迎接的女士们，特别是走进已然开始研讨活动的旅博会议室，倏然感到，我的心理准备，同呈现出来的，可谓一只蜻蜓望到一行雁群。

为促成热心公益的姬巍先生等筹建的大连国韵文化交流中心暨7·14志愿会向旅博捐赠"鸿胪井刻石碑亭微雕模型"，我曾电话向王振芬馆长介绍了姬巍，说他初心可鉴，操作耗神；由青年雕塑家段凯拿出来的"碑亭模型"，诚心可嘉，见微知著。若旅顺博物馆肯于迎收，也许，不仅会温暖一群有大情怀和公益心的市民，在上海大学中国海外文物研究中心的见证和参与下，还会将鸿胪井刻石流失与返还事业向前跨进一步。

给学者型馆长王振芬打一通电话，是在成全古道热肠朋友的心心念念。当然，作为老大连，也深知鸿胪井刻石流失海外之痛，是多少代文博家、旅顺人，起起落落，绕不过去的情结。

更明白，"殖民背景流失文物保护与返还"的操作之复杂，触及之敏感。

电话里我不可多说，但也不觉得说了违规违纪错话。虽然振芬思虑"博物馆没有接受非文博实物先例"，但她还是智慧地将接受仪式和研讨活动结合起来做了。

撞进眼帘的，有得体的会议题目不说，邀请对象，不曾有一个非"鸿胪"事件的话事人。三年疫情，催人衰老，但看到熟人的惊喜，让好多双眼睛忽露春光。

从大连赶来的我、姬巍、陈文平、段凯四位，打断了独立学者王德亮的论文阐释。

王馆长和论文指导老师——刘俊勇教授一起，让阐述继续——此刻进行着《唐代崔忻题刻"井两口"地名考——兼论唐代遣使官员摩崖题刻》。听着听着，我忽然涌上一股傲娇之情：德亮是我儿子的朋友啊！我，姬巍，王德亮，事实上的三代人，借"车书本一家"说法，我们可谓双商不断代。

作为独立学者，王德亮的思维似更松弛且骁勇，图文并茂的视频，让我这个外行，完全接受了他的立论——"井两口"，乃地名也！

在新出版的国家级刊物《中华遗产》中，署名楼学撰写的文章，提到了流失海外、重达九吨半的中国最重海外文物。文章郑重地叙述了1300年前发生在旅顺的那件事：崔忻在黄金山下凿井两口（端端是："凿井"两口），又在井旁的巨石上，命人刻上29字铭文："敕持节宣劳靺鞨使鸿胪卿崔忻井两口永为记验开元二年五月十八日。"

记得多年前，我曾发天真议论：

朝廷命官，不惜绕道东行，吃尽苦头，为解决大唐和边疆靺鞨民族的宗属关系，郑重地刻了块"里程碑"来宣示主权。可贵为朝廷负责外交事务的鸿胪官，何须专门在黄金山下凿井两口？费时费力不说，有何意义？

德亮大胆假设，引经据典，用自洽的逻辑回答了我的疑问：

井两口，作为地名，延续下来，可与狮子口、旅顺口，找到时间流变的合理对应。

文气贯顶的上海大学中国海外文物研究中心副主任陈文

一份《关于唐鸿胪井碑及其流失和返还问题的简明报告》，让我记住了上海大学党委副书记段勇的名字。偶然地，我们在大连相遇；有意地，我们在旅顺合影。世界上好多事情，都需要借用价值观链接起来并一点点地做成——"三年吧"段书记审慎地回应我对"努力返还"的追问。我能感受到，他内心那种信念后面的炽热。

注：————————

历史学家段勇在亚洲文化遗产保护联盟举办的"殖民背景流失文物的保护和返还国际研讨会"上说："1911年12月，曾在1908年8月后任旅顺镇守府长官的日本海军中将富岗定恭在唐鸿胪井碑原址另立一块碑，正面刻有'鸿胪井之遗迹'，背面刻有百余字，其中提到'鸿胪卿崔忻，奉朝命，使北靺鞨，过途旅顺，凿井两口'，却绝口未提更重要的'鸿胪井碑'，可能是故意回避了日军盗运唐鸿胪井碑之事，却宣扬自己'树石刻字，以传后世'之功，难免有欲盖弥彰甚至是混淆是非之嫌。"

今日，我与段君立此存照，留待鸿胪井刻石回家之日，佐证侵略者的无耻行径。

平教授，细声细语，给王德亮作鼓励，又一句一顿，给旅顺博物馆提了建议："关于刻石收回后的去向，旅博是否有意将其纳入自存文物？如果不尽快表达愿望，我们已向中央申请，将鸿胪井刻石存放到国家博物馆。"

温文尔雅一番话，再次让人心头一激灵：当然要将刻石恭迎回家！

屋里没有喉咙发出的惊叹。

可每一位，从馆长到研究人员，从学院派学者到姬巍代表的民间组织，从独立学者到热爱家乡为鸿胪井刻石回归呐喊多年的社会人士，包括我这个原本借给朋友壮胆、实则到安静旅顺过无压力周末的艺术家，都沉静于久久的澎湃之中。

捐赠"碑亭模型"的青年雕塑家段凯，自然获得旅博第一次颁发、一个永久收藏的光荣证明。带来"大连市民追回唐鸿胪井刻石万人签名"图文史料的姬巍，也在镜头前找到被政府和学界充分理解和承认的暖暖慰藉。

下午，大连一行，再次深入旅顺的历史景点。

有些地方，不同心境会引出不同感受。

带着挥之不去的亢奋走进水师营村。在俄军驻旅顺要塞司令斯特塞尔签署降书，向乃木希典率领的日本第三军投降的茅草屋里，细读乃木希典写的悼亡儿诗，我极其惊异于军国主义悍将为夺取中华、征服中华而潜藏的豪横力道……简直不敢想象，他们的灵魂深处，为觊觎中华、霸凌中华、永久吞噬中华，炸裂出怎样的狼子野心。

我问姬巍：

"你想到陈教授的上司——中国海外文物研究中心主任段勇，会主动提醒旅博将刻石迎回旅顺吗？"

永远话语喷涌的姬总，反倒笑而不答。他知道我随时在提醒他做天大的好事也要给别人留一点儿情绪空间；或者，更因为他亲耳聆听过段勇书记上个月《关于唐鸿胪井碑及其流失和返还问题的简明报告》，才不像我这般"刘姥姥"。反问道："您怎么想？"

我说：

"今天是个节点。博物馆、大学和民间机构三方协调一致共同被打上有物理化——碑亭模型——提醒的精神印记；大连和上海两座城市合脉同心，正做着符合中央考量的一件大事。"

坐在白玉山山顶段凯他们正在装修的咖啡馆中，我向陈教授表示感激，对他说：

"您的提议，不仅让与会人员受到鼓舞，还让起落无数、苦于难有作为的大连人，在一个思考与情绪交错的文物返还工作点上，找到激情喷发的理由。"

还有一句话，我觉得是玩笑话，没敢发挥。其实我挺想说的是，1310年前，崔忻绝对不会去想，有那么多的后人，会因他的一个职责之举，而在无数个明天，众志成城，煞费苦心；他又哪里会晓得，为将鸿胪井碑刻石从日本追回，崔忻的大名，在好多寻常百姓心中有着超越几代大唐皇帝的影

冷暖两个色调的八卦灯，和艳红色的花团锦簇，待在房间的一角。就像N年前，人们将崔忻的名字，把"凿井两口"一起写成历史。不管是物理化的物件还是虚拟中的世界，它存在了，就具有了哲学和实际的思考意义！

响力。一个当官的，能在任上留下标志国力强大的"里程碑"，自可千古流芳！

真希望关于鸿胪井带来的"意外"，不仅能渲染"一个旅顺口半部近代史"，还可矫正"开放滞后二十年，旅顺退步半世纪"。

当我们的车，再次驶过旅顺博物馆广场上的龙柏花坛，父母年轻时候的样子，又一下子叠印眼前。我在心里撒娇：爸爸妈妈，这个周末，本以为就是一场友情欢聚，没想到，却得到份沉甸甸意外。你们若天上有知，也会高兴吧！

爸爸的天空

命运让我成为科学家、教育家、社会活动家杨烈宇的女儿。

爸爸的成就，在他去世讣告的规格上已然体现。至今，我还没见到哪个近亲有他那般被《人民日报》《光明日报》及省市党报等用文字来郑重地盖棺定论；而且，逝后若干年，仍可见到陌生人到他位于高高山坡上的陵墓献花。"爸爸"两个字，似蓝天高云，因杨烈宇诠释，某些美好，便可归于这个称谓。

延缓容颜衰老，除了千百年积淀下来的人类智慧，现代科技也在发力。我之所以敢于怠慢医美，不是觉得自己长得年轻，而是精神内核中爸爸的爱，或如爸爸般的殷殷呵护，赐予我了某种和大自然相谐的密码。那是正视兴衰，不惧死亡，蓬勃活力的生命现象。每次被人追问驻颜术，我都会在心里默默回应：

你可曾有一片精神无垠、自由想象的天空？

你可接受瀑布也会枯竭、轮回正在途中的平常？

为逃避对右派子女的羞辱，在不到12周岁，即小学还没读完时，我就自谋生路成了大连歌舞团的舞蹈学员。读书的

这是我在桂林小学的毕业照，也是我粘贴在大连歌舞团发的干部履历表上的照片。将这张从班级合影中剪裁下来的影像放进集子，是郑重回答：就是从这会儿开始，我的精神世界真正打上"爸爸"关照的烙印。

习惯早在家中养成，好奇求真，却被60年代的天降特权给偶然护卫。

想不起来是哪一次，我们这些学员小闺女面对时任大连市文化局副局长沈西牧。

他听我说想进剧场、影院，但不想买"那么贵"的票，便用标准的胶辽官话混着烟威小片发号施令：

"以后，就让这些小孩儿到市属单位去观摩，不用收票！"

带着老革命的威严和文艺书生的亲和，还有点儿不像大干部的土气，沈局长不用提高嗓门儿，就颁布了一项决策。之后，我们就会一群、一堆、一帮，直至最后仅剩我一个"小闺女"，坚持经常到市属剧场影院去。最开始，收门票的大爷、阿姨还到后边请示，很快，我们的"待银亲"，加上他们领导的认可，以及口耳相传的"是吧"，就形成自然放行现象。

从12岁到"文革"开始，整整六年，沈西牧副局长对我们的文艺"放养"，积蓄了我一生中无法追根究底的最初的学养财富。

那会儿大连有歌舞、京剧、话剧、评剧、吕剧等专业演出团体，市中心有虹霓、友好、进步等电影院，以及现已消失的群众剧场、实验剧场、大众剧场，这些影院、剧场，还有离歌舞团蛮近的造船俱乐部、一建俱乐部、工人文化宫……都被我无数次地轻松踏入。在一遍遍看话剧的时候，我解决了普通话和对朗诵气息的把握；看完各种电影后，我会在《大众电影》以及可以买到的其他综艺杂志那对照剧本、情节、导演构思；我从《小蝌蚪找妈妈》开始，痴迷水墨丹青，很为自己是中国古今艺术的受益人而欢喜。于是乎，就像家具把件上的包浆，没人故意，顺势摩挲，也就自然积淀并提升了某一个什么什么的存在价值。

毫无金钱压力和任务拖累的经常观摩，让不爱说话的我，愈发在气质上与众不同。

究竟有什么不同？
"总爱用眼珠子思考，长睫毛闪忽闪忽地，然后就……不放声地走了。"
人们议论。
今天成为话痨，定是对当初的"不放声"的报复！

那些老少男女，说我"什么都明白，就是不把自己当大院里的人"。

我可能就是在那密集繁杂的汹涌中，通过立体的艺术展示和鲜活的文字对应，养成了审美基础，我一边建树三观，一边修筑"围墙"，还时不时地警惕四周，不要沾染文艺界的浮华和浅薄。我很清楚自己的出身，仅仅是政治不过关，但内在质地，赐我生命的我的双亲，精神世界绝对上乘。

"追求她？死了心吧！"

没人指点，我也不会同异性相处——荷尔蒙随形体的凸凹而生长，我也会暗自到艺术角色里寻找化解和寄托。最犯傻的是作为"可以教育好的子女"——那个年代，称出身不好的人的称呼，我会及时上交绝不阅读的任何一封情书。

有一次，不晓得怎么又同沈局长迎面碰上，他将我叫到办公室，问了我的年龄——"哦，和我大儿子同龄。"

他显然有所指地说了几句——

"不要太清高。"

"爱学习对女孩子是金贵的优点。"

又很惊讶地问：

"听说你一个人跑到友谊电影院去？不害怕？"

我告诉他，花四分钱买电车票，倒两次车。"只有那一家影院经常回放老电影。"

他"嗯、嗯"地回应，既疼爱又担心的口吻，与我家爸爸如出一辙。

记得专门跑老远去看《上海滩》老电影的那个晚上，爸爸在家门口等到我，忍下嗔怒，却先谆谆提醒：

"不要为了节省几个票钱就跑那么远。而且——"

他说，出电影院的时候，四下张望一下，不要被尾随了。还用身体亲自示范。

"尾随！"

这是男性长辈赐予女儿一个自我保护的常识。

我听到了，暗自得意自己并不是节省，因为13岁的我就填了干部履历表，月薪42元5角，还偷偷豪掷金钱从七七街白俄罗斯人手中买过德佳画的油画《芭蕾舞者》。

但我太在乎爸爸那片爱的天空，不加辩解，抿嘴点头。

听沈副局长开口提到友谊电影院，我忽地觉得，他就是赐我父爱的一位领导爸爸。不同的是，局长用职权来对我进行自由放养，而家中爸爸，则用天然亲情对我小心投喂。

那天杨烈宇爸爸将我引到书房，问为什么要倒车去甘井子，我告诉他，只有那里回放由石挥导演并主演的《我这一辈子》。

"杂志上说他比赵丹演得还有生活温度。"

"生活温度？"

爸爸定睛看了我几眼。

似乎带着一种变俯瞰为后仰的震惊。

那会儿，我不知道，当导演的野心已在我获得观摩特权期间，悄然发芽。

直到"文革"结束，直到沈西牧和杨烈宇都抖落掉历史污秽而找回做人尊严，我也从没表达过对他们将我自由放养的感激。

20世纪末，我开始成为被媒体追逐的总导演，鉴于一些人的好奇，在我老老实实承认缺少系统教育，心含酸楚地说自己学养缺钙的时候，才会冷不丁地，滑过一丝莫名感触：

谁，会让一个娃娃，用不计其数的夜晚，自由自在地翻阅大部头书籍；谁会准许她独自走进影剧院，反复观摩艺术家演绎的百态人生？

犹如野兽在山间原野、高原峭壁，不被捆绑地栉风沐雨、渴饮饥食。那种野蛮生长，求生咀嚼，才是我这个品种，具有强大柔韧性，富有不老生命力的偏得！

最近在小视频上看《十三邀》，听许知远和林小英对谈，我会为自己没在少年时代读过压抑的高中，而涌上巨大的幸运感。

总有人艳羡我当下的精力、想象力，乃至对世界的善意。我以为，那不是单纯源自肉体生命，而是因为我偶然做了"天下兴亡，匹夫有责"的知识分子杰出代表的女儿，又偶然地，偏得了一位文艺领导，将巨大的文艺资源从天空洒向我，才让称不上天才的一个人，有可能偶然出落。

　　每回被冠以"大连唯一"，我都会在心里暗暗地双手合十。

　　生命中的偶然，到哪儿说理去。

　　雪山上难得的雪莲花，被天空中一股和风，将无数种子

　　舞蹈般翩然游弋的白云，S形状从西至东的海湾长桥，是眨眼和久耗的天海记录，亦是大连所独有的时间叹息。人们喜欢赞美突然的发现，却往往忽略，任何妙然，都源自运势的奥秘并难以重复。

刮进雪窝，有一颗，吮吸了天地营养，欣然盛开。

　　愿天下爸爸，都能给孩子们一片自由放养、舒畅呼吸的无垠澄空。

《江河水》——被双管演奏而带入

2024年7月9日下午三点半，第一次到城市音乐馆听音乐会。

无人邀请，推掉其他——王石路音乐会，太意外了！

王石路先生是我生平认识的第一位大音乐家，其代表作《江河水》，只用一点点民乐铺陈，加一个味道独特、中气十足的双管长音，就蓦然展开一幅色彩浓烈的乡村图画。

由两支长短、音高相同的管子并排扎结而成的东北古老乐器——双管，似歌剧里宣叙调和咏叹调的双重主演，一次次，叙述着不尽流淌的生活苦难；一回回，咏叹山崩地裂的悲者呜咽。勾人魂魄的东北大哭腔，不惧艰辛拼命挣扎的人性勇气，无不让观众听得荡气回肠。

第一次聆听，我就被深深震撼——作曲家采用强烈对比的音色，描摹出当事者与围观者的不同表情，将古往今来的哀怨和仰天长啸，组合成一首起承转合特别有逻辑，特别能引人产生命运共情的交响。

真了不起啊，我们的王石路团长，将西洋手段同中国文化做到这般水乳交融！

那会儿，我还是个对各种舞台艺术都囫囵吞枣的小女孩儿。

几乎每次听《江河水》都会纳闷：

究竟是先有双管这件妙不可言的乐器，还是先有《江河水》这样入耳动心的旋律？

怎么能捕捉到如此贴切的音调，把长歌当哭，渲染得美不胜收！

当然，那是民间艺人从娘胎里就听熟了的音调，传到专业作曲家耳朵，即被点石成金，撰写成宏大的交响乐，才能让有泥土芳香的中国民间乐曲《江河水》，走进音乐厅，灌成金唱片，感动千万家，融入世界音乐的汪洋。

永远忘不掉吹双管的老艺人、外号谷锁子的谷心善演奏家，他手捏双管、屏息凝神，那副收放自如的样子，即使只看那个紧实的后背，也会深陷曲中，听得热泪盈眶。有一次，若不是被舞台监督提醒，我差点儿耽误给下一个节目报幕。

那是多少年前的事了……

今天的双管演奏者，来自瓦房店，不晓得是第几代传人了，深得法度，神态虔诚，一派大家风范，亦很是精彩。

本场音乐会主要选了王石路为杂技谱写的曲目，当然《江河水》是必奏之经典。开演前三分钟，突然被主办者邀请做现场分享，一时间，真不知道要讲什么。当然不敢称自己为作曲家朋友——我只是在他任大连歌舞团领导时候的一个小小下级。然，律动感极强，画面感生动，而又十分熟悉的杂技乐曲奏响了，就一点点地，想起太多的过往。

……

"20世纪90年代末，深圳华侨城邀我为即将问世的主题公园欢乐谷做'相当于大连国际服装节那样轰动'的晚会。通过一年多京、沪、深多城市以及新疆地区老中青艺术家的精诚合作，特别是魔术世家傅氏家族的无私奉献，一台融合多种艺术的舞台剧终于精彩呈现。待观众啧啧称赞的鼓励散去，华侨城领导问，杨导怎么想着要做'魔术化舞蹈剧'？是家族中有人干过这行，还是小时候接触过魔术和杂技？"

我当然老实交代：

"被你们'逼'着做全国独有，那不得倒腾家底呀！"

我的家底，是从11岁半到20岁前，在大连歌舞团学舞蹈，得到文化局特权——可以到全城任何一家电影院、剧场，享受无须买票入场的观摩！

"话剧、歌剧、评剧、吕剧、曲艺，都是间或有新节目进剧场，唯独杂技，好像天天都能作公演。那时候的大连杂技团，已然全国大团，上海来的老艺人，各地招的男女娃娃，几乎每天晚上都要到青泥洼露天大棚和观众见面。我们歌舞团的副团长、著名作曲家王石路，被邀请专门给杂技节目写曲子，听着那些不同于舞蹈、又有亲切乡音的音乐，作为歌舞团的人，心里竟有几分得意；一些喜欢交朋友的魔术师，也会在后台用小技巧来逗弄我们。"

"大棚外卖海红、炒花生的市井气，大棚内观众鼓掌叫好的欢笑声，在不知不觉间，就像消化在身体里的海参鲍鱼，白菜萝卜，一点点地，为我的血肉和筋骨注入了丰盈的营养……"

从没对人说过，做全国第一台"魔术化舞蹈剧"的灵感来自早期的艺术启蒙。可此刻，出现在纪念王石路逝世30周年的音乐会上，蓦然找到感恩对象——若没有王团长那些前辈的精神传递，没有当初予我等徜徉于艺术天地的无量慈爱，我是断然不会构思出全国第一台"魔术化舞蹈剧"的！

"自1999年魔术化舞蹈剧'欢乐MD'成功上演，深圳就开创了一年一度的欢乐谷国际魔术节。这里边，也有大连的灵气！"

　　因东北民间乐曲《江河水》而忘不掉王石路；因纪念一个作曲家而聚会；因久别相逢而欢颜；因大连有一个城市音乐馆而尽享艺术的福祉。站在中间那位女士，我曾经的同事张军，也是一位退而不休的学者。

人呐，学以致用是福。

　　能在某一刻，叩首谢师，堪为人间造化！

　　真希望我的即兴分享——把对策划、操办音乐会的满满谢意，把对郑冰、张军、赵庆彬等几位多情艺术家的由衷赞赏，生成能量纠缠。让那位曾经把我当成"小小子"误读的老团长，一如音乐会背景墙上那张大照片，幸福地看着我们，而嘴角上翘，温暖绵长。

最美不过生生不息

怎么会到16铺集合？

习惯从百度上查找"为什么"的我，不待掏出手机，脑海已翻腾。

涌上的第一个记忆，是外婆的声音："小孩儿提前，小孩儿提前……"

那是精致、能干的外婆，将我和二姐带出四川，到东北和建设社会主义的爸妈、大姐会合。

从嘉陵江到黄浦江，再登上去美丽大连的轮船，途中多少颠簸，完全想不起。但外婆的川音普通话，带着母性强悍，落在上海滩最最著名的码头上拥挤的人群中，始终在我的童年里回响。乃至后来成人，每逢去上海，会不知不觉想起16铺。至今，我已活过外婆当初的年纪，却一点儿也找不着老之将至的感觉。

第二个记忆，是某个秋天，作为文学新秀，我开始到约稿地修改作品，是乘飞机到的上海。托女朋友先生的福，住进外滩南京东路的和平饭店，在那听说，年轻人要掏钱请小朋友提前占座，才可到黄浦江边微风吹拂的老码头，挤一张狭窄石椅，接一次两对、四人互不打扰的灯下热吻。

倏忽一瞬，16铺早就跨越超150年的老旧航运停泊地，成为大上海改天换地的历史地标。

望着悠然划过的漂亮游艇，听同行的W先生介绍河对岸他喜欢的世博滨江，又在铸了汉字、阿拉伯数字、英文的16铺雕刻前留了影，便按通知去往集合地。当然心里有嘀咕：为什么大连贵宾需要到16铺集合？

原来，我们只是一支不算小的邀约队伍中的一小群。

一

当夜，住进苏州吴园四号楼305室，把自己的身体完全放倒，在一间没有宾馆豪华，却有人间舒适的大房间里，我记下如下言词：

"说是被裹挟来的不厚道。但，就是含糊其词，稀里糊涂，加入一支由泰康人寿组织的、有针对性的目标客户当中。"

扪心自问：真的什么都没猜出来？

不。

一天前，我就知道是谁要给我们负担差旅，谁在做殷勤安排，谁提供了本次旅行的节目单。只有一面之识的留洋画家YD，他只不过拜托了我信赖的朋友，让这个人把消费时代的营销话术，叙述成：在一阵繁忙后，恰恰碰到一件"成全"别人的善事——只不过，需要名人（除了著名XX、著名XX……我还有个大连慈善总会文化总监的名头）出场，而又不滥用名人效应——就是替奋斗中的青年艺术家"充充面子"而已。

去沪、苏走一趟，何乐不为？

何况，眼下大连的经济环境，凡打交道，不管是政府、企业、院校、群团，任何机构，往往会提前弱弱地问一句：属于公益性质，可肯屈尊？还会补充道：您，自己有车吗？

之前，对泰康人寿的了解，仅限于对创始人陈东升的听闻，知道他有强大的背景，先嘉德后泰康，市场嗅觉与创业初心相谐；他还将自己的母亲安顿在泰康最成功的北京旗舰店燕园。概因为母亲的病缘，非常完备的燕园医院，还置配了六台透析机。泰康在中国东部沿海等城市布局的各个"园"，其硬软件在世界范围高端养老机构中也令人赞叹不已。

走进上海申园，所见所察，确实好，听队伍中一位早就财富自由，并已表达合作意愿，文化蛮高的目标客户提问，我会一次次在内心化解自己的问题——

吃腻了主厨做的饭怎么办？
出现疑难杂症，当地治不了怎么办？
夫妻和邻里（宿舍）间，发生矛盾如何处理？
宗教信仰不同，同时发生死亡危机如何应对？
……

从1996年至今，积28年之经验，甭说训练有素的工作人员，就连迎面遇上的90余岁入住夫妻，都能现身说法，让你觉得晚一天亲近泰康园子，都是对老命的辜负。

在数字化横行的今天，只要记住，这儿已经从死亡线上挽救过700余例老者，这些人依然活着，而且老有所乐。其他嘛，当然OK！
可我就是——心无波澜。

二

苏州的吴园不美吗？

那是世界著名建筑设计师贝聿铭先生大弟子的杰作。

电梯通顶，你依然感觉身在美轮美奂的中式飞檐园林里；昼夜交替，神宗禅意弥漫——花丛间，可觅水，可寻雀；解说员和餐桌上的甜点一样，没有故作夸张的渲染，吞咽舒服，回味也甘。

易感也不吝夸赞别人的我，怎么还是——觉得少了些什么？

而且，暗生"三年早知道"的不耐烦。

我对W先生说，当分工与责任被绝对地系统化，生命和爱，会成为抽丝剥茧的躯壳。实在没敢多议论，若说得太细，又未免"恶毒"。

其实，头晚日记，我早已写了：

"这里是中产阶级以上的生命最后一公里。有相当合理性。但我永远不会来。不是钱的问题，是社会角色的心理需求，接受不了高级、温馨的'集中营'围截。人呐，所谓烟火气，首先是生存的互动性，四季变化的参与性，你来我往的随机性。在这衣食无忧、小病不出楼、大病不耽搁，时时刻刻被服务人员在乎着的环境，你还需要关心人类、国家和社会发展？你还能获得带有锅气的舌苔味道和刺激成长的情绪跌宕？"

清晨，好像剧本再现，一对修养极好的九旬夫妻，主动带我寻找客人餐厅，老先生殷切地对我说：

"三年了，我们在这里很开心。"

我当然信服。

通体文气，善意满满，眼神里还有想从我这求索新鲜事的殷殷期盼。

挥手告别，留在心头的，却是苍苍白发，微微驼背，和一双孤寂背影。

我独自走向餐厅。

四周无人，无声，更无世俗骚扰。也就绝对没有人世间的活络劲儿。

探头睃巡，当然，绝对没有网络上小视频和抖音暴露的任何一丁点儿被社会诟病的那种恶劣。

可——如果此刻，有只狗儿窜出，有两个追得气喘吁吁的小淘气，还有过路老人停下来饶有兴趣地观看，我就不会觉得刚才那两条衰老生命，仅仅是活着，而不是仍然在人世间生活着。

开始胡想：

倘若，在号称中国最文明的老人会所，设计几间24小时营业的产房，不断有新生儿的啼哭声，还有等候新生命诞生的热切目光，以及老人们参与起名字的争抢"嚷嚷"，更有婴儿脚印留在太湖石上的印记——让中国观赏石在"透、瘦、漏、皱"之外，增加一种人类社会稀有的美学印记，岂

如果承认，人与地球上的任何生物都是平等的，那就更得在乎为什么在文明断代后，人类会再一次地重塑世界。这其中，伦理关系，家庭纽带，亲情组合，生活方式，恐怕是最高级的智慧之一。2018年10月，先后战胜疾病的两位先生，反让我们这个家，更亲更爱更和谐。

不更好?

两三百万元不等的保险存款，每个月两万左右的房租，住在各个"园子"里单间或双人间的居民，即使日照充沛，起居宽敞，满眼温馨，可没有了环境衬托的人的个性美，感受不到生态、生活、生命的生生不息，爱的激情，会不会随着"又活了一天"的数字累加，而逐渐消解?

我坐下来等候同行的两位朋友，他们秒回信息：快到啦!

他们都是比我年轻的人，却要在园子里走上半天。这儿过分宽敞，大概因为离市区太远。手机里出现梅丽尔·斯特里普影像，皱纹里都透着人格魅力，这位绝不在少女相上做努力的好莱坞古稀艺术家太可爱啦!我立马将她和晓庆女士做比较，再次生出不大厚道的类比：随意和刻意，也是精神美的认识差吧!

不禁品读园区理念：厚德，诚信，仁术，创新。

在琴棋书画、麻将扑克、舞蹈歌唱、电影放映、演出空间等中国流行娱乐活动外，这里的创新还体现在细节上——比如还很应景地特设了一间掼蛋室。

作为地产业顺应国情的大手笔投资，泰康人寿好像也不能免俗地犯了"求术而避道，多品类少灵魂"的社会通病。

在我看来，生活的根本，是与"人"过日子。

不过出个人伦滋味，不在陌生中碰撞出友情，不在邂逅中沦陷于爱情（社区敬老院也有爱情故事），不给集体化生存提供第二次青春绽放的氛围，就是让"耗时等死"旗帜，在五星级的空气里面，猎猎飘扬。

三

转过一日的下午，邀请方用大巴送我们到苏州老街游览。年轻的兼职销售员和年长的目标客户们，一下子做鸟兽散。

星期天，街上人好多。分不清谁是游客谁是当地人，全都悠闲地左顾右盼，男人的汗渍味和女人的香水味，搅合出一种好日子气息。

我选"苏州太太"饭馆为坐标，那离导游一再告知的星巴克咖啡店不远。W先生陪我走进堆满苏式旅游工艺品的小店，替我挑选了性价比蛮高的机绣团扇；我则盯上一条昂贵的珍珠项链。W先生不经意地说了一嘴：导游不是提醒过吗，什么也不要买。我还是没太还价就付了款。因为那条珍珠项链确是真东西，性价比更为划算。回去后，要给儿媳妇过大生日，正惦记找个拿得出手的礼物。

附近的拙政园人太多，手续也多，我们便去了苏州民俗博物馆。好多年前，随辽宁省艺术家代表团造访姑苏，印象里，民俗博物馆有大院落和修缮一新的老舞台——好像曾经是晋商会馆，这个小而单薄的地方显然不是。又去了狮子林，人也拥堵，刷了身份证后，就在石头垒的一个个拱洞里跟着大人小孩们探幽。在一间小堂屋，看到一幅占了半面墙的僧人画像，终于得知，狮子林创始人是元朝高僧释惟则。

苏州印象，高潮在下一个场景——

我们到星巴克咖啡店休息，登上二楼，迎面遇上先来歇脚的大连贵宾，你说巧不巧。

远不到集合时间，我便倚窗探街，嚯——满眼缤纷！

不少女孩，也有少妇，在对面的"汉服体验馆"，用流苏彩裙，将自己婆娑为唐宋元明清（别做推敲）的穿越者。只见她们头顶朝天髻，在飘纱、团扇、红唇粉腮铺排下，穿梭于摩肩接踵的人流。突然就想起卞之琳的名句：

"你站在桥上看风景，看风景的人在楼上看你。"

他乡感触，勾起感慨——要是此刻的大连天津街，也能如此该多好……

转念，又想到那些得到全方位照拂的老人，虽然他们进出自由，还可以随时选择到35座城市40家泰康园林或避暑或游历，但久住在规范得无可挑剔的豪华"集中营"，还会沉浸市井？无拘束撒欢？

飞机从无锡的硕放机场起飞，和途经上海、苏州时的待遇一样，天气棒得令人生疑——

"是有佛祖保佑吧？"

"哦，还是泰康做了好事，老天爷开眼。"

但降落前，广播告知：

"地面温差较大。"

回到北方了，气温立马从白天的27摄氏度掉到夜晚的15度。又给我们一个正视现实、适应变化的启示。

坐上接应回家的小车，我跟W先生和艺术家YD坦白自己的"考察"心得。还是两句话：

第一句——泰康人寿，仅沪、苏两家园林我打4分+。

哦？W先生有点诧异。

他知道我在理念上有大不认同。

我由衷地告诉他，在养老观念上，泰康人寿结合中国国情，已拼尽全力，不仅给一批老干部、老院士们提供了延长寿命的精致服务，还用人寿保险的市场原则，给先富起来的一群老者，敞开大门。他们的儿女，无论是在国内奋斗，还是在海外享福，即使无法亲自照拂父母，心里也能坦然。

随后补充："而且，两个园子两对极有教养的90岁高龄夫妻，都主动说了他们的心满意足。"

第二句——我，绝对不会跟"白发"和"驼背们"成群结队地数着时间走向生命终点（没敢说，那也丢掉了我享受"被需要"的幸福，这可太不划算啦）。

先生们不同我争论。都微笑着，若有所思。这两位同行者，绅士风度了得，他俩会成为忘年交的。

两天里，我们仨相处和谐。尤其听W先生说，几年后，他真有可能到泰康在大连新造的园子去做居民；而YD又毫无功利心地对不同理念的我们，极尽服务之能事。我便既没觉得自己得了便宜卖乖，又没觉得劳顿一场，不过就是和保险业做了次近距离的深入接触。

如此而已。

哈哈，生活就该在"如此而已"中，激起作为人的自己，有新的发现，且能继续成长。

四

丈夫坐在轮椅上迎接夜半归来的我，那精气神，超出想象。

"楼下银行空出来的房子，有一家人像摄影在装修。"

丈二和尚摸不着头脑吗？不，节省话语的这位，是把"保持每天出外，与你们、与世界一起生生不息"的承诺，落实在行动中。

有表现欲，童心回归啊！

第四次接丈夫离开ICU，我曾保证，从此不再送他到抢救室，"咱不去仪器为王的地方"。

我还告诉他，会像送别父母一样，喊来每一位可以联系上的亲友，让他在生命落幕的最后时刻，触摸着我手上的温度，沉浸于环绕的亲情中。由此，他不再恐惧死神，还把微观的"发现"与"发展"计划为够得着的工作目标。

亲爱的巴顿和高冷的黑八已经在隔壁套间睡沉了，不同于狗儿猫儿，盆花们在夜里更有灵气。从春节前就盛开的蝴蝶兰，最后一株，竟相展扬与我的共情力，伸出大小两个骨朵儿，招引得我"啊"的一声，抖擞出满心惊喜。

子夜时分，看一遍助理发来的课件视频，瞄一眼第二天

夕阳，将天空晕染。无边无际的多层次橙颜，令蓝海无语，绿地静声，所有的建筑，也都披挂上日照谢幕这浩浩荡荡的华美。唯独人的眼睛，一面惊叹"最美不过夕阳红"，一面反观金贵的寿命在黄昏衰亡。其实人啊，眼睁睁闭，犹如日照换装。难道夕阳，不正是用生命的最最热烈，在引导朝霞腾空？

要回复给海洋大学的学期讲课计划，其他，绝不敢再贪婪下去了。

　　闭灯一瞬，外婆的样子和16铺的柱子，叠现眼前。忆起早先外婆的提醒：

　　"哪有女娃儿喜欢孟夫子的？你呀，以己度人，要多点温润才对。"

忽地感到圭角性情在冒头。

幸亏，身前身后，遇到的人，都真诚待我。

否则，长路难走，人生多苦。

艺术相处

名词，是时代钉在
绝对权力上的外衣纽扣
规律，规矩，还有规则
放进世间杯盘，忽而凉拌成沙拉
忽而居中为主菜

自由，从哪到哪？
谁度量它的长宽高，还有轻重
赋予的幸福。其实啊
每一个晨昏，若有感恩升起
就像日月给地球轻涂春晓

享受，也是可存可废
在真实的支付中恪尽职守
坦然间，岂是精神
得到富矿！遥遥无期的目标
只管走他万千，步步都是善终

至善·止善

在过去，"被利用"绝对是贬义词，亲友、同道，常常会随口发出提醒：

"不要被利用了！"

——政治险恶，人心不古，社会复杂，智者也会糊涂。

"不要被利用了！"

——往往带着满满的善意，跨越民族和语种，一再出现。

尤其像我这种所谓技艺傍身的人，几乎从年轻听到老。

因此啊，近些年，鬼谷子等的劝世格言，多以提醒人们不要遭遇小人歹意而盛行于世。

2016年初冬，赴美旅游的新加坡友人在纽约时代广场"遇到我"，来电惊问："你是怎么做到跨越好几个历史节点，岁岁年年都风光？"我回她："哪里是风光。还是那句大连土话，我就是个好使唤的'家把什'，不管是领导还是当事人，需要嘛，就用呗。"有时候也想，不故意刷存在，却被时代经常地"抓来"用，是福是祸？哦，不能生在福中不知福，被需要，当然是生之大幸！

　　可，在注重实用价值，追求安然且公平的当下，"能被利用"又似乎是"机会和价码"的孪生兄弟在空气中游荡。

　　试想，一个人，无论身处哪个年龄段，既摆不上台面又无法用来堵漏，更甭说像紧缺物资，稀少且珍贵；若没了被利用价值，除了泥土般素朴的血亲，谁还会主动赐你生之温暖乃至于共赢之欢欣？

　　当然，战争和灾难激发出来的高贵人性，是另一个话题。

在现实社会"被利用"的多次感悟中，随着白发和皱纹掺杂于美颜技术，我被生活教育着，从不自觉到事后诸葛亮，逐渐领略到与"被利用"的艺术相处，也是滋味无穷。

大事，总要牵扯历史节点，小事，则多发生在偶然。

一

最近，帮助不知名青年雕塑工作者搞一场展览，用紧密参与者的话来说，因我的长袖善舞，让完全不可能，变成闻达四方的热烈轰动。

在我看，轰动绝对算不上。

所谓轰动，在嘉宾云集、媒体造势外，最主要，须有闪光的、引爆话题的作品，以至于与当下热点的有机吻合；或者，整体的艺术构成，让人叹为观止。就像一场交响音乐会，当指挥用全身心画出句号，不管迎来的是礼貌掌声，还是听众们忽然间爆发出富有震撼力的"海浪呼啸"，绝对可以从"锣鼓听音"中，立判高下。

而这场展览，遗憾挺多。

作品的艺术高度不够，展览环境不达标，开幕式连背景音乐都不提供；端端是一场粗粝、平易的实验性活动。然，用青涩艺术给一座尚未启幕的建筑杰作造势，倒也可以。

其实，最令与会者愕然的，是启幕规格。
——正式出场的指导方、主办方……好不气派！

临开幕前，当着被我"绑架"来出席决策会的某位领导的面，我主导了三件事：

一、绝对切割展览主办方一个政治笑话——我告诉不知天高地厚却充满野心的年轻人，不要提及你们邀请了某中央首长来剪彩的构想，那根本就是天方夜谭。而要说成是："因杨老师担心惊扰了各方，你们不得不放弃操作。"

二、直接禀告领导，我已调齐当下专业展览必须的最体面关系，也确保整个展览"政治上、题材上、品位上"不出任何问题。只要主管领导再亲自审查一遍即可。

三、至于我个人，之所以倾尽全力来做抢救式赶工，是因为：助推青年出山，一扫城市更新项目的冷寂，可让政府、民间、青年艺术家多方受益，在我，是心甘情愿（没说是习惯性的）。而我自己，也能获得"只问耕耘不问收获"的心理享受。

席间，为了大家都快活，我还特别强调了最后一点：
我就是在做"积阴功"的事儿。"惶用量子纠缠理论，

　　2000年后，虽不参与任何评奖、选举，努力躲避名利擦伤，但社会义务还是要尽的。2021年，以辽宁省戒毒大使身份进到姚家那座静谧院落，曾傻乎乎以为，队伍里身板最笔直的男子汉，出去后精神也会端正。管理干部却指点着说，走得最昂扬的那一位，已经是三进宫了！啊，看来行使公益使命，不能做得天真、肤浅。

我这也是对家庭安详做贡献。"

　　瞧瞧，还得做这样"庸俗"的补充。

　　因为，甘愿舍夏蛰过酷暑——没有企图心的高尚，在无利不起早的现实社会，令人起疑。如果再赘述一句，"我是连续几届大连慈善总会的常务理事、文化总监"，那就更有几分喜剧色彩了。

　　展览按预期举行。

　　青年雕塑家DK，幸福爆棚；点燃这场展览的发起方，兴奋不已；做出贡献，希冀自己也能成为强者的参与者们，那叫个欢欣鼓舞！

可谁能想到，当我陪同首长走进展厅，一抬头，即发现一个小学生都能读出来的错别字。

然后……也就然后了。

除了嘉宾们客气的恭贺，耳旁没有一句自发赞叹的啧啧。

却听到载我回程的女友直爽地说：

"你啊，太能放下架子啦，还给穿开裆裤的娃娃掏手绢擦屁股。他们多穷酸啊，简直了！不过，在这种喊破嗓子也没人关注的老繁华区，政府肯拿出眼珠子地方支持青年人，真是积了大德！"

我很能接受她的挖苦。

也证实，我在背后全力操持的一场雕塑展，不仅没闯祸，还让给予我敬重的政府部门，收获了良性影响。

二

"不管暴露多少不足，开幕即胜利。"

我不断用微信给青年雕塑家DK等送上叮嘱，提醒那些沉浸于欢喜与忙乱中的年轻人：

"开放，是出名和出丑的双刃剑，绝对不能再发生任何差池。"再乐乐呵呵指出今后路径；撒了些母亲级别实打实的"糖果"，便悄无声息地退出。

几十年里，帮助藉藉无名的人成事，在此已不必细说。也因此，汇集各种资源做有意义有意思的事儿，笃定了我的精神品质。尽管忽而热烈，忽而艰辛，忽而群情振奋，溢出效果惊人；忽而付出与收获不成比例，甚至黯然神伤，也不觉得有多少值或不值。本来嘛，每一次深度参与，都让我长见识，都在解决几乎是解决不了的问题的时刻，弹动慧根，聚拢人脉。

在各种恭维后面，最让我欣喜的是：能和籍籍无名的人一起成长。也能积淀好多无法复制的，被神话了的"办法"。

所谓长袖善舞，当然是威望累积的人品可靠、通透给予的生存本领。
这不正是我这个做文化的社会活动家，能在一片躺平声中，立命安身之根本？！

然而，恼人的小不快，也不是没有。最最重要，是被帮助的人，置承诺于不顾。

　　我曾让DK在自己的展览结束后，采取他熟悉的工艺，为正在筹备中的杭州西泠印社的"苏东坡诗画展"，塑一尊可供集体绘画做参照用的3D树脂雕塑。发去必需的资料后，我又飞快打去一笔定制费，DK秒回"谢谢"后即告，"半月可兑现"。

　　我以为，按市场原则，定制的事儿，无须跟任何人念叨。

　　沉浸于主角亢奋的DK，欢快地接受采访，不断转发各种自媒体赞美，高兴地和孩子们分享手工把玩泥土；在名字后缀，速增各种身份……可直到展览结束半个月，再半个月，再半个月，好像我们之间从来就没涉及过"定制"的事情。

　　……

　　当秋风秋雨忽地掠过，我便在心里想，不可把DK当成亲昵的晚辈来做有批评权的指引。

　　也许，就像莫名其妙蹦出一句"中央首长要来剪彩"，因为太不懂规矩而置规矩于不顾吧；也许，误读了我的"神力"，把定制款项当成"富婆"随手撒的面包屑；也许，尚还稚嫩的能力，无法临摹那尊古色古香人物，而又不好作退款表达。总之，即使不对一个奋斗中的年轻人进行道德绑架，也必须考量：此人是不是靠谱。

反省起来，对这些野蛮生长的年轻人按章办事，可能是我这个老同志幼稚了。

再赘述两句为什么插手一场八竿子打不着的雕塑展。

往大了说，因为一直惦记的"追回旅顺鸿胪井刻石事件"有了进展。那个被我从青年时期就认定的大连（曾经的旅大）城市心头之痛，在某个时刻让我得知，有可能成为中国在海外收复国宝的一桩可兑现事件！

往小了说，我不忍心看见JW先生的热情洋溢，因缺乏条件，做得令人诟病。

作为某群团领导，JW先生一直接受DK主动采用3D技术打印鸿胪井刻石碑亭的仿真实物，也一直暂不付费（公益活动嘛，总是缺钱）。活跃并有大见识的JW先生承诺，将为对方赠还一场位于市中心的展览。

体面的相互成全，天经地义。

未成名艺术家，举办个展，就是向世界发出"我来了"的宣告，何况，是一位热爱家乡、倾心公益、勤力奋进的年轻人！

2023年深秋去俄罗斯，印象最深的，是老百姓的精神风貌。好像战火离生活很远，朱可夫和普希金还站在斯拉夫人群中间。虽然吃的东西不敢恭维，但500万人口的圣彼得堡能保持62家电影院正常营业，马林斯基大剧院上演的芭蕾舞剧《海峡》，竟能招徕满场观众。就觉得这个民族，不可仅仅用"战斗"一词加以形容。

可在市中心举办一场个人雕塑展，说来容易；热情大于操作的构想，在我眼里，就像看见婴儿车正在往坡下滑动。

一直张罗着为鸿胪井刻石回归在市民中组织签名活动的JW先生，曾拜托我，将3D打印的旅顺鸿胪井刻石仿真雕塑赠送给旅顺博物馆。之前，博物馆曾正面答复："作为国家一级博物馆，我们从不收藏非文物的任何东西。"

而我，觉得此事可做。用一个物理化的雕塑模型，寄托大连城市的念想，不是一件破防又贴谱的创意？！

再啰唆几句鸿胪井的前世今生：

2018年，《大连日报》记者写道："从渤海岸边到黄土高原，从查干花草原到大凌河畔……行程4500公里，先后走进内蒙古呼和浩特市清水河县，吉林省松原市前郭县，以及辽宁阜新市阜蒙县、朝阳市建平县，捐建了26所音乐教室，使得爱心音乐教室工程的捐建总量达到了154所。"作为大连慈善总会文化总监，四五年里，我被大连电台音乐频道的年轻朋友感染着，和无数乡村红领巾们一起领略阳光下的幸福。

公元713年，即开元二年，唐玄宗派遣郎将崔忻任鸿胪卿出使辽东。崔忻在返回长安途中，于旅顺黄金山南麓及西北麓各凿井一口，并在其大如驼的巨石上铭刻三列二十九个字。碑石上另有明代嘉靖、万历和清代乾隆、道光、光绪和纪年不详的六则题刻。之后，就"举行仪式宣谕震国为忽汗州并册封大祚荣左骁卫员外大将军、渤海郡王，正式隶属于唐王朝"这件有实物有记载的历史大事，追述者著文称，这是旅顺历史上的高光时刻。

盖因这束高光，几代大连人，其中包括中华人民共和国前后两任驻日大使，和已故的中央党校副校长韩树英同志，为收复日本侵略者作为"战利品"掠夺去的鸿胪井刻石，心心念念，薪火相传，从无停息。我也是感怀于前辈痛楚，而在1995年著文阐述了对鸿胪井刻石流落海外的悲愤。

近几年，以大连国韵文化交流中心暨7·14（公元714年）志愿会作为号令而组织起来的群团签名活动，因JW等人的火热奋进，引起代表"中国流失海外文物"相关组织——上海大学中国海外文物研究中心的刮目相看。

三

我很清楚，JW先生非常想利用我的影响力和热心肠。对此，我不仅不反感，还愿与其同道，力尽绵薄。我曾不止一次对他说，不管贵司门口挂了多少惊悚世人的大牌子，每天开展多少敲锣打鼓的活动，配合上海大学中国海外文物研究中心将鸿胪井刻石及其流失和返还问题研究到底，并作为民间力量，参与这项收复国宝活动，堪称你生命中最值得的第一个"一"。

世界上，肯做事的人很多，能在历史上留下"一"的，少之又少。跌宕大半生，一心想做大事的JW先生，能在这件事上添砖加瓦，可谓与有荣焉。

说服旅顺博物馆接受仿真鸿胪井刻石模型后，顺理成章，我深入了解并全方位操办了DK雕塑展。在我心里，将此事列为对收复鸿胪井刻石国宝的俯身参与。

　　因此，我必须了解青年雕塑家DK的教育背景和他的人品、作品。

　　稍感意外的是，DK用电子版"简单"介绍的，也是他可能拿得出来的全部作品。

　　"及格线以上。"我在心里打分。

　　也由衷祝愿这个雕塑展，能成为青年艺术家才华绽放的发射塔，并为大连市中山区天津街的顺势更新，带来一声雄鸡啼鸣。

　　更不曾预料，在几位奋斗不易的年轻人那儿，我的出现，几乎成为随手可取的矿源。那是不用任何手续就可获得，而且永远不必归还的财富。

　　虽然我并不怀疑得利者一再称我为"活菩萨"是出于真诚，但我的一切，又哪里是可以随意地、混不吝地使用，并取之不竭？！

　　偶然，想起贴在墙上的标题错字（我曾用多少精力，替他们修订微信往来……）；想起他们曾被国安部门严厉批

没了总导演威严，仍习惯性地保持工作中的严格，有时候，还下意识地拿出专业范儿的严苛。2023~2024年，大连三十七相文旅科技产业园为我提供了非常理想的艺术讲座环境，也许是气氛太好，我常常会沉浸于主题，"暴露"疾恶如仇的秉性。

评；想起雕塑展开幕前信誓旦旦告诉我"其他大作品尚在工作室还没运来"。其实，也不过就那些。

排比出这些林林总总，心里不觉惊惧一小下。

呜呼，那不是利用者的疏忽，而是基本层次决定了行为模式。

秋风已从北边刮起，大连最好的天气到了。

再次接到DK微信，似乎该为他的成长翻开新的一页了。当他请求继续为他出力铺路，我便婉言推辞。

不仅是想到"一碗米感恩，一担米记仇"的民谚，也好像是2016年去台北，一行人中的女性，全是行业精英。第二天要和当地教育界举行座谈，我和教育家李巍、企业家张枚，在驻地咖啡馆做发言准备。不过，这张照片，颇有摆拍之嫌。

不仅是要和精神不同频的人温柔地做断舍离，而是：一味地给、给、给，接受者永不知足；是给得不对。

如果说，我可以理解JW的狂热，也不反感他如其他人对我，采取有礼貌的、随时想起的利用。那必是：共同遵守社会规则的价值默契；而拒绝DK的不停索取，则是止损愚善。

四

阴影的反面是光照。

就因为筹备展览开幕前那场"绑架式"交流，某位领导同志对我由仰慕变为亲近。他回微信说："您的人格魅力感染了我们！"

在他们那儿，我不再仅仅是说话有分量的名人、艺术家，而是那群为城市更新头疼的公务员、呕心沥血者的同道。

谁会想到，在我另外一个朋友需要紧急救援时，发来"您的人格魅力感染了我们"的领导，竟主动出手相帮。没有利益交换，更不破坏规矩，就是将人情社会和按章办事，做得公平坦荡，浑然天成。

人性对等，足矣！

某些瞬间我会猜测，也许某一天，杭州西泠印社那边，会收到大连发去的、DK制作的树脂雕塑。

不过也就是时间延后了一阵子，如此而已！

那就太好了。

太好了！

必须说，时常"被利用"，是对我这个十分在乎做事靠谱的人，福分和福德的考验。

每年九月一日大连在海边举办开海节。我曾担任过国家海洋局文化中心的首席艺术顾问，可大连食品、餐饮界邀请我，多半不是从这个角度出发，大概是在意我写过《大连的鲜香》这本书，也觉得我爱着他们之所爱吧。我们之间从来保持着相当热络的交往。

成全·周全

得知要将《赓续心脉·为了纪念的感怀》搬到父亲工作过的大学专门再做一次讲述，我在拒绝和应允间不免嘀咕。不是觉得要求不合理，而是不希望总配合某种职业"借光"。而且，自己的身体阳转阴不久，虚弱中又遭遇荨麻疹。

所谓"借光"，是岁月让我捕捉到的某种现象。

如果说，别人利用你的资源、能力和条件做事，做好事，不必太计较人家近水楼台先得月；但对方不顾及实际情况，一味地游说，就觉得被不厚道"利用"得有点丝滑。

但我还是答应了！

一则，正逢新中国成立与中国共产党领导的多党合作和政治协商会议制度确立75周年大日子，圣洁的事，不可造次；二来，父亲与海事大学，我们这个家和农工民主党的渊源，乃至中间联系人从谦恭到谦卑，实在让人无法坚辞。

但荨麻疹不仅加剧了身体的不适，还将瘙痒和水肿挂在脸上；手头停不下来的急活，又"爱你没商量"地强占了有限的精力。

一个月前的讲述，是出席市委统战部多党派的隆重庆典。我曾为邀约方——那种"舍你其谁""一劳永逸"式的轻松约稿，冒过火气；并觉得职能部门，把深情"讲述"和缤纷"节目"放在一起，犹如将芭蕾和相声硬搭，未免太"俱乐部"，忍不住在微信里多说了几句。

甚至想过，以身体发烧为由，婉拒出场。

面对批评，新上任的年轻副部长主动自责，又谦逊讨教，反倒让我觉得自己急火攻心，暴露了所谓艺术家的傲娇。

如何在晚会氛围中，将一个人的"讲述"和很多人的"节目"做得浑然一体，我和助理花精力会同专业人士在配乐和视频制作上下了功夫，还用谱架托着文稿，让坐在椅子上的我，把文章读得既不显冗长，又避免了发烧眩晕和气短卡壳造成现场故障。当然，希望经光影氤氲，听众能领略思想和文字的美。

8月21日下午，东北财经大学多功能礼堂，环境庄严，气氛热烈，各党派的节目都在拼力出彩。我的讲述，出现了针落地也听得见的安静。沉浸于对父亲、对以往年代的素朴回忆，泪水禁不住滑落；好多画面和好多必须说出来的对党的早期统战工作的认知，以及忠于史实的道古论今，令会场上弥漫心脑受撞的强烈反馈。各民主党派骨干党员的反响，虽并不太意外，仍令我在惊诧中有几分陶醉。我不是演员，不需要获得粉丝吹捧，但当我说出——

"父亲那代人，最可爱的地方，就是相信真理是寻找到的，真理是用来践行的……倘若父亲那一辈，能够再次和岁月交融，我真希望，就用他们的高风亮节，托起中华尊严。"

富有生动感情的掌声，掀起大会高潮。

市委常委、统战部部长徐广湘女士用"真实、真情、真意、真好"的秒回，表达了她的感受。这四个"真"字，概括了我对这次"被利用"和与利用方的艺术相处。

相互成全，当然共赢。

所以啊，参与市委统战部主办的《讲统战故事、为祖国点赞》，岂止是主办方赢得一个好节目，我呢，也赚足了一次酣畅淋漓的高尚抒怀。

但，谁会想到，还要到"中国农工民主党大连市委员会高校基层组织联谊会第十五届会议"上，做一场重复性讲述！

这让人想到当初某些令人诟病的"讲用"活动。

我必须想好喽，怎样做才撇得清"讲用"留下的时代病毒。

到大连海事大学去，我不能仅仅作为家属。著名科学家、教育家、社会活动家杨烈宇教授，也不能成为电子时代随便用来背书的历史布景。遂决定，文稿一字不改，讲述形式也严格按照一个月前那样。虽然图书馆多功能厅没有舞台灯光，但音响好，书香气浓，十几所高校吸收了很多新生代，应当把与听众的交流做得更上一层楼。

我穿了风衣裙装，用精致的妆容弱化荨麻疹的尴尬，还换了一副父亲生前夸赞过的眼镜。最重要，我会趁那里特别在乎杨教授女儿、著名艺术家杨道立的社会影响力，在讲述前增加一段亲近的"唠嗑"。

从谱架上取了话筒，我走到舞台前沿，告诉大家，因为身体原因，一会儿我还要坐下，但此刻，站在你们面前，已经不会传染新冠了（笑声）。于是，我又添了几分严肃：

"在新中国成立前，1949年6月16日，新政协筹备会上，就决定成立国旗、国徽初选委员会。"

细说当初，在毛泽东同志领导下，宣布新中国成立前的头三天，我提高声音说道：

"会议一致通过了象征中国革命人民大团结的五星红旗作为国旗。也就是说，来自海内外，许多艺术家、科学家、

每年的社会文化活动都不少，尤其是当初传统媒体兴旺的时候。这一次，著名女士杨澜带着团队来了，主办方大连新闻传媒集团负责人告诉我，别指望外人说大连。于是乎，我就得接受杨澜采访，说说我们大连人想让全世界知道的那些事儿。

革命家、各界民主人士，都可以坦率、真实、负责任地向伟大领袖面呈己见。哪怕不被采纳！一个执政党的胸怀，和利用统一战线来治理大国的经略，当然就此，一目了然！”

……

“还有比建立多党参政议政的统一战线，更能彰显中国共产党的智慧和韬略，更令人崇敬的创举？”

欢呼的掌声和亲切的笑容将我送到座席上。

不必为争取讲述效果而过度用力了，只要认真朗读，老中青三代，都会从一位因寻找真理而加入农工民主党；因不负重托而忠于职守，直至死后捐赠遗体；因有人格魅力而在生前逝后，都堪为楷模的人那里，悟到一点精神上的东西。

婉拒了主办方一起用午餐等由衷的好意，我将自己的身心尽快抽离。不仅仅是体能受限，而是不愿意在殷勤的客套中，让一场富有美学价值的思政传播，被消解，甚或异化。

再去父亲的墓前，我会用单纯的鞠躬传达信息：“爸爸，我没有忘记您留下的家训——‘厚献薄取’，更不会将您的声望作为换取名利的财富，任性消费。”

记得父亲在旅顺龙头做乡镇企业顾问，为了让农民兄弟很快掌握基本的科技常识，尽量不用外国名词，或者口译为中国话，还让母亲将必要的术语写出大字教他们记住。至于替身边人考虑温饱，为工友向厂里申请补贴，都是自然而然、随手就做的。

想得细致，做事周全，也是父母留给我们的家风。

几天内，我和儿子（农工党员，他扮演了邀约方间接联络人），都收到多方的微信致意。我们会意地、轻松地笑着，用"表情"符号一一回复。

想到父亲从没使用过手机，岂止手机，心里有些遗憾。但作为一位深得党的统战思想温暖和践行统战方略的幸运者的后人，感受到亲爱的爸爸还被人们由衷地敬重，他"没有脱离时代进步"，又涌上太多的安慰和温馨。

恍惚·清晰

却之不恭在我这儿，次数不多。

迅速婉拒；坚定辞掉；用气息告知别人不予理睬或避之不及，很习惯了。但这一次，有个"蜡染现代绘画"的讯息，让我还是无法不上心。

其实早就推掉了。

肚里的话是："不管对方对我有多崇拜，在今天，除非特例，一般都是在丛林法则中，得金钱、权贵之便的幸运儿。或者，脑子缺根弦，属于向着失败胜利进军的天真好儿女。"之所以不断用挖苦的话给自己暗示，实在是因为太了解自己，总是忍不住发善心而遭遇情绪挫伤。

然而，结识了一辈子，从没对你有过打扰；而且一个大老爷们儿，天生害羞，又不以"局级、诗人"自居；何况人家，始终对你执弟子礼……

在微信里我给段文武回道：
"寻个日子，过去看看。"
然后就到了某间办公室。

亢奋中的任月英女士，是那种恨不能用几分钟把一块园子的水土和庄稼长势都描绘成一部绿色小剧目的性格。让我很快知道，这位不甘寂寞的主儿，也是偶然瞅了一眼，然后，调研；然后迅速与一个新画种的首创者达成合作协议。

"如果说中国的蜡染诞生在云南，那么，蜡染现代绘画的根就落在大连！

"这个项目已被纳入大连十三五规划！

"创始人刘子龙先生去世前，曾举办过'向天堂汇报——中国现代蜡染绘画展'来纪念张仃院长诞辰百年！

"……"

哦，是被中国时尚艺术引领人、中央工艺美院老院长张仃先生肯定过的；
又经过长期工作在京城的刘子龙教授N年间到社会普及过

的；

还有成熟画家追随并不断将推广新画种作为使命并日夜创作新作品的；

更是被任月英董事长开发为文创事业，正在摸索如何做商品推广的。

……

如果说，肯拿时间走进任月英办公室，完全是出于对段文武的友善；经过耳听、眼观，尤其是翻阅了厚厚的《中国现代蜡染艺术展绘画作品集》；不，是跟随老画家刘鸿志教授进到他们每天都要进出的位于地下室的画室，再看到创始人刘子龙先生留下的一幅风景大写意，我才对突破传统蜡染单染色局限，融汇中西各派造型特点的这门新现代绘画艺术，有了初步认识。

带着粗浅印象，我讲了点想法，无非就是肯定作品的观赏价值，希望任总领导的翰艺文创，先在如何将作品转换为产品上下足功夫，再探索推广商品的路子。并提醒，品牌注册固然重要，最难的，是摆脱人们对非遗艺术不自觉的"优越感"和对杂交艺术无须负责的"低视觉"。

——要知道，"创新"及"融合"，已被太多粗制滥造倒了胃口！

"如果你真想扶根，推广，做成万绿丛中一点红，恐怕要走艺术和工艺两条路。

"艺术绘画，欣赏是一回事，形成高级的普遍的沉迷，恐怕是另一回事。工艺产品，则可从衣食住行多维度出发。

"别仅仅做纱巾。是不是可以从餐具起步，把建筑装饰、衣服面料、汽车外饰等加以广泛考量……哪样好入手，就先做哪样。"

面对有一定抗挫力和经营实力，但同样陷进经济不妙背景下的女强人，我的话，善意满满，主意嘛，依然透着客气。其实心里画魂：

——仅就艺术而言，为什么我这个信息并不太闭塞的人，对三十年前就诞生的新画种从无耳闻？为什么在美术市场，没嗅到它争夺赏识的叽叽喳喳？

当予我仰慕和信赖的任总发来出席刘鸿志教授举办画展的开幕式邀约，我托词婉拒。

不是谦虚，也不是规避，当然也是因为精力有限。最重要的是没有对彼此负责任的把握。即使我很清楚，这种"急需名气与意见"的被利用，毫无恶意；可随便救人于水火，把自己的名气当碎银子撒，至少在我的这儿，不会。

扪心自问：我喜欢现代蜡染艺术绘画吗？

恍恍惚惚，就像提笔悬腕，然后搁置——但砚台的水久久不干。

与挚友光杰喝茶，彼此闲聊叶落秋至、日常琐碎。我其实已有预谋，却似"瞅了眼搁置的笔"，问道：

"若十一后你不马上远行，咱们再组织一次走进美术馆？"

被隐秘职业训练有素的王光杰，立即回复："好。"

他用那种绝不折腾的迅捷，一如几天后在手机上回复的节俭：

"九号。10位。上午十点集合。"

见到穿戴光鲜、兴高采烈的翰艺公司任董事长和一副学者气派的刘鸿志教授，我的心，也似郊游团队中负有任务的少先队文艺委员，郑重地快活起来。

清净、高洁的中山美术馆，被"打搅"得生机勃勃！

啊，现实的尴尬，却不合适宜地出现。

"灯光在哪？怎么这么暗？"

"交接工作……"

哦……我赶紧闭嘴。迎着刘教授虔敬的殷切，对一幅幅画作，边听讲解边移步欣赏。

展览主办方，将一个坐落于城市最好角落、起范儿时候充满豪情壮志，目前冷寂落寞、有几分尴尬的专业美术馆，填充得属实不俗。

刘教授，用120幅充满个人风格的画作，一下子就夺得众人目光。拍照的，问询的，远远近近打量的，压低声音议论的。昏暗的美术馆，充溢着一派温馨的光亮。

毕竟我是本次造访的发起人，也是叨扰主办方的主客，自然要撩拨画家兴奋起来，便稍加"卖弄"地讨教：
"是意在笔先，还是意在笔后？"

中山美术馆位居通往棒棰岛的途中，环境好得不得了。2024年初秋，接受特展主办方翰艺任董事长的邀请，我带了一群朋友去给与她合作的刘鸿志教授蜡染画画展捧场。那种突破传统蜡染单染色局限，融汇中西各派造型特点的新现代绘画艺术，被刘教授用120幅杰作铺陈出来，令人大开眼界。

"油画功底和国画技法，哪样用得多些？"

"留白处，是依靠蜡的自然流动，还是借刷子铺陈？"

"多用生宣吗？我怎么觉得也有熟宣？"

"是根据题材，还是按照画作效果来选择装框和出血装裱？"

……

85岁画家，一板一眼地介绍着，相当激动地倾诉着，一句不落地回应着。不管人们是不是和他创作时候的感觉一致，反正，都被他刷出来的具象、意象和抽象深深吸引。他随口提到的庄河天门山、吉林市特有雾凇，绘声绘色讲起甲骨文对自己的启迪，古代英雄在色彩中如何走向历史纵深，一方钤印怎么被他淘气地贴到画幅中央，钟爱的紫色如何构成自己强调的绘画语言……眨眼就过去一个多小时。若不是我实在过意不去，沉溺其中的几位观赏者，还会指着某幅自己格外喜欢的作品，继续向老画家讨教。

任月英时不时趴在我肩头讲些悄悄话，心里的得意和主办者的企盼，都在她热情洋溢的招呼下，一览无余。

我们接受了留影的亲密，却用一顿午餐拉开了距离——没啥忌讳，不过保持各自空间而已。

当然，我也想听听真实反馈。

不管我这个人，做这种事，追求生命意义的潜台词究竟是什么，被各种需求"利用"的我，也早就会利用自在交友，来促成文化的尊严和发展的探寻。

果然，美味午餐，成为一场观赏座谈最佳的环境辅佐。

"震撼！"

"太喜欢啦！每一幅都喜欢！"

"如果可以买，我盯上那一罐子《酒》……"

"刘教授，那一身的精气神，太棒啦！"

"任总做这件事的野心，不，雄心，肯定能落地。"

"不说工艺效果，只讲欣赏艺术，这一次比之前——的画展，好得太多！"

"啥基础都没有，也能学习现代蜡染绘画？"

"任董事长的翰艺公司，选对了项目……"

本次活动的召集人，王光杰先生，笑得比什么时候都来得灿烂。

当夜，出于礼貌，更是人际交往的必须，我将大家的背后讲评，写成一篇不算不啰唆的小作文。没必要书写什么"以文化人，以艺同心"，但赞赏，不可吝啬。

在让任月英和刘鸿志获得热烈振奋的同时，我还传达了重要信息，并告诉他们，待展览结束，会有人带着朋友专门去翰艺画室习画交友！

10位不缺钱，有余闲，各有悲喜的男女老少，均向往过好的生活，才会在某个日子，会聚到美术馆。

　　当然，我也知道，王光杰的人格魅力加上我的"艺术名人"效应，也是这种活动保持高洁的必须。但这不是当下都市人的普遍存在。可就是这种非普遍，才会让计划出远门的朱先生退掉机票，让矜持的女作家随大溜，让一件文化公益，公而怡人。而我，也将"被利用"转化为"利己用"。今后，可以很响亮地告诉世界，由刘子龙创始、刘鸿志领军发展的现代绘画艺术，生命美丽。

　　要知道，存储信息，远比往银行打款，来得更现代、更重要。

　　不觉暗自庆幸，自由自在支配选择，是一种多么体面的幸福！

　　当然会继续鼓励任月英。

　　文化产业，太需要这种胆大，情烈，而且能把经验咀嚼成扛事本领的企业家了。

　　我做不到像她那样为了获得成功，可以隐忍情绪，与各色人等黏合为亲。

　　既然上苍把人塑造为万万千千不同颜色，那就像现代蜡染绘画，不拘一格，刷出各自精彩。

角色·角度

　　同三十七相的关系，至少应写一篇过万字的长文，我一直想放到大连三十七相文旅科技产业园建园3周年后专门来说一说。说我和丽红如何从闺蜜、忘年交，成为他们夫妻投资做的一个"坐落在大连的文化空间"的一块压舱石。

　　几乎所有熟悉三十七相的人，都愿意提及我和这个文化产业园的关系。除了王丽红董事长逢人就提，是杨老师把"巷"改成"相"，还因为，我在这里有一间甚见书屋。有些需要我正式出场的探讨活动，就放在二楼205室那间书屋里。我也蛮喜欢在这或主讲或参与一些文化大小事儿。甚见书屋最让人舒服的地方，是远离周旋，每一回围坐（其实有一张很气派的大长桌），都让富有建设性的话题说得畅达、相信缘分，亦是信奉了中国哲学的精髓。我和王丽红，在人群中互相发现，那种亦师亦友、超越母女、同频共振的感觉，朴素且坚实。我们常常为对方的优点惊叹，也常常承认，绝对带着各自不同的使命而降临人世。

温馨且不失郑重。

所以，完全不触及三十七相，反倒不那么自然了！

我很享受这种"被需要""被利用"的软硬度，在不断往书屋添放自购书籍之外，也暗自掂量，能不能在慢慢积攒的气场里，蹿出一个值得回味，甚至是有历史意义的"东西"。

什么东西呢？

肯定不是传统话语里的作品或人才。

但也绝不是脱离时代、尤其是脱离发展需要的个人玩意儿。

作为压舱石，我也几乎从不把丽红对商机和任务的灵感式念头，当成她随时需要与我对话、喊我去书屋聊天的私房活。

凡她有求，多半立即答应。譬如10月15日下午，陪她从金石滩鲁美艺术中心赶往西岗区新亮相的东关街考察"幸福大院"，除了立即表态，赞赏她在这个有文物价值的小红楼做点事，还借机讲了一堆想法。这就有了三天后，我和她，同拨冗前来的西岗区委王标书记的一次甚见书屋对话。

"书记听说你有一套挺完整的想法，想和你碰一碰。"

关于王标，我背地里称他为"三清"战士。

即"清醒""清楚""清晰"。

说一个在朝官员不会登上反腐名单很简单，不过就是亲见对方将自律体现得真诚、可信、可爱而已。然而，由衷地赞赏一个当红干部头脑清醒，自识清楚，言行清晰，在我的藏友名单里，不多。

王标曾任市委政研室主任，在他面前讲理论，很滑稽。仅为东关街开街活动他就召开过50次会议的严谨，让人想象得到，他有一套完整的弘扬东关街历史文化街区的韬略。

既然要听我的想法，那就无须穿靴戴帽！

我极简地说了几句：

"因历史原因，晚开放25年的旅顺，吃了难以留人住宿而赚不到游客钱的亏。"

"大连的民宿，尚停留在抢夺旅游旺季游客，以价格战为战术的初级阶段。"

也将"东北风、烟火气、老故事、民俗美"，作为我赞成王丽红在东关街开一家民宿的思考"调性"。

"这个新民宿，一方面，对旧容新貌的东关街是个补充；另一方面，也从经济效益和城市发展出发，为押长冬季旅游经营，蹚上一小步'热乎乎'路子。"

王标书记照例相当客气地对我的想法表示亲切的好感。

出乎意料，他对再现东关街的文化价值，对旧容新貌的刻画，则大大超乎我对大连这条老旧街区创造新繁荣的宏观评估。

王书记语速从容，逻辑严密，特别是提到以剧作家高满堂的电视剧名作来演绎沉浸式艺术，他的入戏感，已达化境。每句话，每个表情，都令人感觉得到，区委区政府对东关街的拿捏，在一把手心里，绝对胸有成竹。

"可是……那天我们看到的演绎活动现场基础，难以用现代声光电来如此高调，如此恢宏，如此吸引人地……潇洒体现。"

我用目光跟王丽红交流。

我们似乎都有些意外——

这种"用艺术化思政教育形式的设计来讲东关街故事"（是不是——我不好说——），"太一厢情愿了"。

一向谦恭、慎言的王标同志，将完整的方案，说得意满志得。我们便有了几句交锋。

譬如对历史文献的掌握；再现真实历史的分寸；艺术化编故事，如何体现马列主义的历史观和怎样服务于当下。

"历史是胜利者的清单。历史不是真理。"——我用北大教授戴锦华的思考为我们的交流做了收尾。

"这里有一个站在什么立场上的问题。"

时间不早了，与王标书记分手后，我用他的话来跟丽红说再见：

"角色不同，考虑问题的角度肯定不一样。"

我笑着告诉她，不管最后采取什么方案，"你作为投资人，一定要和区委区政府保持步调一致"。

她反问：

"是啊，角色不同。但你们的角度，真的差得很远吗？"

她一向尊敬我们。

我突然发现，王书记、王丽红、我三者之间，还真不是在每件事情上，都能一下子靶靶同飞。

于是，我打算且听下回分解。

24日，王丽红打来催稿电话。

"区政府赞成咱们做民宿，希望尽快听到策划思路。"

我当然不会怪罪她太天真。

像她这样热爱文化、尊敬领导、在乎法治、干事情雷厉风行的投资人，实在是太宝贵太需要重视了！

讨论了几句，她依然认为我和王标的思路并不相悖。

"他没看过你的策划案，看了以后，一定不会觉得不合适。"

画面背景的城市雕塑"一点红"，是三十七相所处环境的某种象征。这群人，为发展文化而聚拢。著名影视演员萨日娜和她的同民族后辈，带来一个大型舞剧的宏伟畅想；三十七相投资人王丽红，邀请了颇有实力的朋友前来聆听艺术家对剧情的阐释。不管合作能否兑现，每个人的角色感都令人起敬！

这真是一个珍惜机会的绝佳投资人。

可我已经把当天的日程安排满了。即刻对她说："明日天黑前，会把文案发去。"

"天黑前"，耕种者语境！

24日当天下午，在昏黄的日照下，我回家坐到写字台前，突然想到，王丽红是要抢在2025年的5月1日给民宿开张。

秋风可谓瑟瑟。

时间不会等人。

好吧，就写一份再清醒、清楚、清晰不过的简约策划案吧。

两个小时后，我请从医院回来的横夫看了一遍，经他同意，即用"伊妹儿"转手机，发微信给王丽红。

累了，腰酸背疼。
赶紧去走廊散步。

哪知道，仅仅过了不到一个小时，王丽红就用语音回复：
"我看了。非常好非常好！……"

啊，这个方案，不知道会经多少人的手；是不是保留内核，我并不在乎。要知道，享受"被利用"，就是能畅所欲言，再任别人有效吸收。
于是乎，我将这个小策划，留存在"伊妹儿"里。

（不等这本书付印，"民宿"策划已然放弃。建筑与文博专家胡文荟教授用"科学性、历史性、艺术性"的纲领性意见，让我们一边志忑，一边烧脑。可爱的丽红，绝不掩饰自己对接手"眼珠子"文博项目的恐惧，我更是为自己缺乏对东关街历史文化街区的"神领意得"而羞愧。做还是不做呢？私下里，我对丽红说，不是我要帮政府，是能决定大连今日文化发力之大动作的东关街，太需要你这种有情怀、有资金、有经验（创意、开发、经营三十七相的三年实践）的好同志了！而且，真的找不到另一位开发商来欣然担纲。于是乎，永远天真、永远要用做事情来证明生命价值的王丽红，折折腾腾一阵子，决定按照文博标准和现代手段，来为东关街第15号院开辟一条让文博"建起来、活起来"的新航道。出版社告知，《道法自然》将在不久后面世。那会儿，东关街第15号院的设计图纸可以呈现了吧？借此赘述，2025年，新岁序开——王书记已升任大连市委常委，担任市委秘书长；杨区长接任区委书记；一直保持密切接触的区委常委、西岗区副区长张媛女士，不日将到另一个区高就。这三位的角色虽变，但他们忠诚于信念、事业和友情的角度，还是坚定且灵动。我，也许有资格通过这个项目，见证一段非常有跌宕情节的真实故事的展开。）

匠心，创意，抑或就是本分

    周末去位于东港的国际会议中心剧场，多半选择市场上不甚热捧但品质优秀的节目。不是矫情，而是只有那种冷清，才能享受到比较纯粹的剧场"蔼然"。譬如荷兰国家室内合唱团，只卖了三四成的座，气氛却极好，就连掌声，也有森林间树叶舞动、大海边浪涛轻翻的自在。

    荷兰人的合唱声音之和谐、统一，风格之强烈、浓郁，自不待言；而装束的朴素与多样性表现的对比，领唱的个性与经典性曲目的构成，让听众忍不住要把由衷的赞叹热烈宣泄。有时候，你会觉得舞台上的21个嗓子就是21件乐器，有时候，又会止不住想大声呼号：这才是人之所以为智人、合唱之所以为最高级艺术的那份真善美！所选唱的几支中国

　　拍摄者没留下姓名，据说是一位自称杨某人"粉丝"
的女孩儿。我很喜欢这张抓拍。画面记录了我的日常，彰
显了一位摄影家的品味和技能。人民文化俱乐部——大连
人自己设计自己经营，始终反映了城市演艺冷暖的一个中
型剧场。不管经济形势有何变化，这个文化设施将和中山
广场同在。

歌，无论用哪种语言演绎，都唱得撼人心魄。于是难忘。

是夜，歌声从耳鼓溜进梦中，一个旋律久久地，反复地，回荡不已。是什么歌？好熟悉，好悠远，好辽阔。

蓝蓝的天空上
飘着白云
白云的下面
跑着雪白的羊群——

高鼻梁、大个头的荷兰人形象越来越模糊，与这首歌相关的画面清晰浮现：天苍苍，野茫茫，风吹草低见牛羊……

一张饱经风霜的年轻的脸，带着兴奋，跟随挥舞马鞭歌唱着的牧人放开脚步……突然，前面的汉子停下，回过头，告诉沉迷在歌声中的音乐家，这是草原上最美的长调，是他会喝奶那会儿就会唱的蒙古族民歌。

又一个画面叠印：记录了整整一本东盟民歌却依然年轻的"老干部"安波，指着《乌和日图和灰腾》的简谱说，瞿希贤同志，这一首，淳朴而富有诗意，我们在记录的时候，对旋律稍加改动，又经海默同志填词，将原先的爱情悲怆化为对草原生活的热恋，现在它的名字叫作《牧歌》……

戴着无框眼镜的瞿女士将歌本取过，坐到钢琴前。

一个琴键按下，我的梦醒了。

现代著名音乐家、中国音乐学院创始人安波拜会中央乐团作曲家、歌曲《听妈妈讲那过去的故事》原作者瞿希贤，究竟是20世纪50年代哪一天，已经无从考证。然，享誉世界的无伴奏合唱《牧歌》，在安波的极力推荐下，由瞿希贤加以再创作，也就那么日升日落地诞生了。

那会儿，他们，包括担任电影编剧、为《牧歌》重新填词的海默，会互相叮嘱要"匠心独运"吗？而不落窠臼的"创意"在他们几个人的词典里，也许不会像现如今的我们说得那么大张旗鼓，煞有介事；甚至那些做法，就像老师往黑板上写板书，学生蘸墨水录知识，实在太正常太天经地义太不足挂齿了！

可"蓝蓝的天空上

飘着白云

白云的下面

跑着雪白的羊群——"

哪个音符不蘸着时间的露水、岁月的芬芳、人性的高贵？哪段旋律不凸显着一个国家一个民族一种生活特有的胎记？

匠心，创意，本是艺术家行事的本分，越不刻意，越显自觉，越不忽悠，越有温度。

睡不着，缅怀的悲思在心里翻腾。不能不想起积劳成疾、50岁便溘然逝去的安波；不能不惊现那个黑暗日子——45岁的才子海默，被塞进麻袋，遭遇乱棍痛打至死。还记起了一篇回忆文章，说在王府井街上，有人认出从监狱刚刚放出来的瞿希贤，上前与她搭讪，满头白发的老女人却说"你认错人了，我不是瞿希贤"，然后，慌不择路拱进人群……

"文革"给我们这个民族带来深切的痛苦。所幸，那些冤死、受屈的艺术家留下了不朽的作品。

天亮了，我在心里大喘一口气：只要"白云的下面，跑着雪白的羊群"，只要人类的歌声绵延不绝，安波、海默、瞿希贤，他们那样的人就不会死。

喃们的，俺们的

得群体认可，尤其放在心里的话，最亲切莫过于方言。先说标题——"喃们的"，就是大连话"你们的"。下一句自不必解释。

城市更新，被嚷嚷得时日最长，当属老百姓和老媒体都关注的大连市西岗区东关街。

在绝对以中国民居为标识，又有着百年以上历史，招徕驰名中国的大投资商，由"万"字号打头，先"万达"后"万科"，足见政府对这条历史文化街区更新改造有多么重视。

是万达不好吗？哪里。

万达发迹在西岗，若东关街改造能唤起曾经国内最富者的反哺之念，说一拍即合不为过。待啥啥都是那么回事，给予投资补偿的地块亦明确，却明珠易主。公开的解释：东关街要成为一个"烟火重燃"的综合性城市更新项目，一个历史文化街区。后者"万科"的文化名声，似乎更具角色优势。

许多年，谁来投资东关街改造，能改造成什么样，始终是大连民间一个热门聊资。

多情而极富社会责任心的王丽红，在东关街开街后，急咔咔地让下属——含蓄且炽热的刘雨，给她拍摄了一部倾吐对"东关街印象"的小视频。作为南来北往的"大雁"，他们都是落地大连、建设大连的生力军。概因为获得这样的人群认同，以东关街为代表的21世纪中的大连，才会重振旗鼓，跃然国中！

我看到的
東關街

前些年 大连人都喜欢来這裏買雜货

乘坐201有轨电车，无论从临海的小平岛到热闹的兴工街，或从始发站沙河口区的兴工街到终点站中山区的华乐广场，总会有人指着穿越西岗区长江路边上那片灰蒙蒙所在，蛮有兴致地说起关于东关街的各自"内参"。

好像不少人知道：

"中央都有话呢！"

"好多文化人都在给上头的信上签名了！"

"别看西岗区小，这个项目的动静可老大！"

必须承认，每天透过车窗瞅几眼东关街的人，绝大多数是求温饱的市民。他们中，有的，祖上就生活在这，老辈踩着东关街的街、巷、院、场泥土长大；到了第二、三、四代，耳朵将博爱医院、西岗市场、春华照相馆都听出了茧子。有的，则是新一代"连漂"，想在东北最南端的开放龙头，四季分明的滨城，觅个立命安身地儿。

除了铸造工艺了得的周家炉，在西岗市场能买到船员带回来的稀罕玩意，和"就这嘎块没住过外国人……"，杂七杂八说辞，沾风带雨。愈发破败、脏乱、落后的东关街，一天天，不仅隔膜着大连的名胜，其形象，挺像丢当在"浪漫之都时尚大连"衣衫外的半截毛衣袖子，剪不断理还乱。

所以，曾经的居民搬到别处去过现代生活。

所以，寻找别处，离不开逃脱"穷酸"的内驱力。

所以，舆论越是大造，老百姓就越觉得——改造东关街，是领导的事儿，是喃们政府求功绩的闹心事儿。

但，位处市中心，又绝对嵌在闯关东和此地巴子交融的老辈人心中，再怎么故意不围观，还是有说不出的好奇和牵绊。何况，讨生活、谋事业，会让各色人等因一个发力建设的新项目而挽起臂膀。西岗区和万科是这样，无数个企业也都在瞅着东关街改造更新的时代机会。

2021年，随着大连一批特大项目建设提速，东关街所属几个地块挂牌露脸。一台大戏，在这个被日伪统治就分而治之的中国居民老街区，在城市腾飞阶段没获得多少红利的老地场，敲响了锣鼓。

"喃们的"，一天天地黏合起万千热情。

机缘巧合，像我这样的人，也会在做事情时候，被牵扯进来。不好意思，从小长在所谓城市贵族居住地南山，再怎么建立了独立文化人的健康心态，记忆深处，很难挥去"弃婴堂、半开门"的坊间议论。

这些年，参加过不少次专题研讨会，有政府召集的，有万科邀请的；当我和谦逊的西岗区区委书记王标坐下来交流对东关街改造的建议，除了"中国人，东北风，命运感，烟火气"几个词语概念，真拿不出什么技高一筹的意见。还会因职责不同，心生距离。

倒不是陷入"喃们的"情绪，而是信息茧房和思维固化，在我这种半退休状态的人这儿，稍一认真，就触实露怯。

我几乎是站在"喃们的"圈层外，登上半坡瞭望，还时不时会想起《三家巷》小说里，堆积着各种政治力量、家庭变化，亲戚朋友间错综复杂关系的南国故事。

也曾好奇，"烟火重燃"的东关街，究竟能挖掘出什么振兴魅力。

……

可三十七相董事长王丽红，却兴趣极大。她有能人思维——就在东关街被吵吵把火，要用文化加持的同期，人家仅用两个年头，就将一间废弃的收音机厂房更新改造为好评如潮的文旅科技产业园三十七相。

全新的"文化交流空间"，具象地反衬着想象中新东关街街区的模糊"气质"。

出于对西岗区各级领导相扶相携的由衷感念，随时准备

　　小而美小而精的城市更新典范——大连三十七相，倏然间出名了！这个老厂房，曾是坐落在依山傍海景色中的一片荒芜，又曾是民营实业家全资置业的一个院落，更是胸怀大志的文化实业家由懵懂变清晰的一间课堂。如何从胜利路附近的长虹街37号化身为大连三十七相文旅科技产业园，故事里的细节，犹如溪水潺潺，就那么，静静地流向时代海洋……

　　"双向奔赴"热情，在王丽红脸上，美丽闪烁。

　　2024年9月28日，原本是陪同我去出席东关街盛大的开街仪式，却因我另有拖累，而由她全权代表。谁知道，她吮吸到的资讯，糅杂于舆情海潮，立马将我代入"喃们的"境界！

　　前面提到，"喃们的"情绪，还真是"全靠"传统媒体几年的喋喋不休。而如今，市领导集体出席，老百姓奔走相告，满世界可见的东关街崭新宣广形象，新媒体铺天盖地的竞相表达，联合构成丽红女士主动拍摄一段小视频的出场背景！

视频里，她的情绪，好似克制且暖暖地娓娓道来，那一颦一笑，透露着一位魄力与智力交相映衬的城市建设者对参与第二故乡更新改造按捺不住的摩拳擦掌。作为世纪之交的南飞大雁，吉林人王丽红陈述了她对旧街新容的震惊、喜爱和热烈的赞美。

于是乎，被她"裹挟"，我去见识了仅仅完成四分之一改造的百年老街；于是乎，我赞同她投资其中最完整的一个历史老建筑；于是乎，我这块三十七相"压舱石"，再次悄然出舱。

倏然一月过。

就像铁树开花，最灿烂，也许仅属那稍纵即逝的某个瞬间。

当王标书记提议，将专家、领导和企业家的三方侃谈，再一次安排在甚见书屋，我突然生出世上千年，不过瞬瞬相加的妙趣。

专为我设的三十七相甚见书屋，虽不神秘，但主题鲜明，非文化、非策划、非"高档"不受。与前日陌生人"无意"闯入，套问"你手里有约瑟夫·布罗茨基的《小于一》"不同；更不是某个有野心爱读书的作女，以网络教书匠范大山名义来"请我讲讲张泉撰写的《荒野上的大师》"；胡文荟教授看见书屋里竟有简餐水饮，吃惊加亢奋，仿佛掀开了思考的井盖儿，一晚上被他占去多半时间。

但，这个晚上，可谓历史一课。

我发现，东关街旧街新容的精彩反馈，不仅让王标坚定了曾经的千万次思考，还让他将这个项目，顽强精琢为生命中一个阶段性作品。是的，主题作品。他要将可追忆革命火种，可纪念文化名人，可展现民风民俗，可弘扬传统文化，可铺排经典戏剧，可宣传今日大连，做成既被领导在乎又十分接地气的文化焦点。

王标没提那些超乎预期的、富有自发热情的表演项目，而是抓住经营和民生兴奋，感同身受：

"一家租金不过四位数的小店，开业一个月，收入已达六位数。还愁经营不下去？

"好多年轻人，在十一期间，反反复复游逛三四次。大连目前可有这种旅游现象？

"打扮时髦的女同志，找到妈妈降生的老房子，话音都颤抖……"

他的快乐，让我不再僵化地把他视为"红色思政课"的购置方。

严谨却不失率性的这位官员先生，直接了当对王丽红说：

"王总，你只要做好经营、布道（不说"丰富内容"或"创造性"宣传）和管理。依你们团队的实力，每年接待N位数客人，不会有问题！"

作为大连城市更新协会秘书长，长期受命于政府统领规划东关街改造的大连理工大学著名建筑教授胡文荟，将由他牵头梳理的东关街所有保护式建筑和历史遗迹数据，轻轻放下。他端起水杯，高亢地呼叫：

"请问，在二楼保留热炕头。中国哪里找？"

随后，又给了一个在我的信息库里绝对未存的史料：

"中国的东北，冬季气温绝对低于北欧，可我们的人口繁衍，不知高出他们多少倍！"

从这个角度夸赞俺们东北人的生活能力，实在令人惊诧。

所谓我们三方，其实是政、经、文三种社会分工，此刻，偏偏经营方的王丽红，没了往日的爽朗开合，现出一脸矜持。其实，她虽然完全接受将15号院落改经营民宿做为特色文旅，但能不能把"非遗项目"做成当前之最，做成百年文化街区的诱人头牌，她心生忐忑。而忐忑，沉吟，又恰恰是她每回起范做大事的前奏。

我和王标，因言谈投机和心领神会而起身握手。

"同志啊！"

夸张的渲染，似乎还不过瘾，一个大大的拥抱，虽不及奔涌到东关街走秀、演戏、歌唱、放热气球、拉黄包车的群众来得富有看头，却引震一屋子的欢声笑语。

我似乎明白了，王标所在乎的"非遗"，是从建树文化自信出发，他找到做大做精的思考支点。而且，听得出，区委区政府，将在这个坐标上，写剧本，做投资。

"挖掘，深入找，总会有奇妙的精彩呈现。"

于是乎，我转换思路。

跳出小装修大装饰，和衔接戏剧表演承续观赏动线的一般思路，不能不从最近对"国潮"的研究，移位到重点加强非遗文化上头。

因为，国潮重点是让传统设计看起来很酷，很时髦，而非遗则不同，它更深入，强调传承而非真实性。这就是为什么国潮往往吸引大众市场，而非遗则更贴近奢侈品和有独特性。

"非遗要求消费者能欣赏独特产品背后的意义。"

想到这儿，我知道又有较劲的事情在考验我和王丽红了。她不惧投资，却怕作品掉链子；我不怕冥思苦想，然，终究还没顿悟出智慧路径。

"在有炕的二楼，做一间恨不能荟萃东北伦理亲情、红绿日子的非遗生活秀？"

见我陷入沉思，胡教授又掀起一个高潮，他要让人们注意我的影响力。呵呵，被利用，一旦滑入此境，就无趣啦！

"此言错矣！"

是的，可以搬动一位尚有精气神的文化名人来做闲暇谈资，抑或接受西岗区委区政府拜托，体面地陪同市委书记熊茂平在东关街一巡——称其为老同志讲述老大连；却不能用我，来实现王标心里的"布道"，和大家各自心里的"轻装修、重风俗"，以及对未来发展的描笔作画。那未免……

好在，大家都集合在对东关街采取"保护性发展"的旗帜下。至于实施方案，只要坚守"俺们的"立场，终究会携手共进。

将东关街做成一个"烟火重燃"的综合性城市更新项目，对所有变"喃们的"为"俺们的"每一位，都是一场考验。

　　2024年9月28日，东关街历史文化街区开放了四分之一。一刹那，成千上万的人将那里的超预期形态，在情绪中举高，在口碑里放大，至少，它拉近了政府和市民的关系，回应了现实对历史的拷问。浪漫的大连，通过这处最具有中国北方生态的生活生产场域，用相信的力量，酿出一座城市的美好舆情。

顺情应景

这个章节
标题如不化妆的女人
但身份的梳子
随不同题材，一行行地
划出岁月褶皱

序言，未必深刻
却一定了解书籍背后
那些可甜可咸故事
唯恐辜负历史的
跌宕起伏。评述自是参与

早就被报刊的油墨所亲吻
如今择出来
一如在沙滩拾到美贝。
仅是瞬间
感觉，却组成此番赶海的收获

从善良到悲悯有多远

对于哲学家来说，美德属于伦理学范畴，他们会探讨美德的现代观与古典性，论及美德有多少种，哪些美德与理智有关，哪些为灵魂构筑了框架；但对普通人，最易于唤起共鸣的，恐怕首先是朴素的"善良"。用大连话表述，善良的人，就是心眼好使唤。

新年伊始，在一群以做善事为纽带的聚会上，大家不约而同地念叨起一个人，说她灵魂高洁，心系苍生，一辈子坚守过清贫日子，却把能捐的都捐了！她宁可自己捡拾白菜帮子吃，也要捐出一切帮助别人；即使先后患了癌症、脑梗，却得到命运眷顾，身心祥瑞。

96岁的张贞慧老妈妈，总是笑呵呵地，有滋有味地活着。也就在那个晚上，一张照片深深印进我的脑海。那是电视人郑喜玲拍摄的她正在颐养天年的父母，两老嘴角上翘，满心欢喜地坐在一张木质长椅上。

郑喜玲是慈善栏目《情动心动》的制片人和主持人。这个栏目，追逐城市义工脚步，倡导生命的相互关爱。一般来讲，为弱势群体呐喊，一味报道好人好事，不仅会让人审美疲劳，还会困顿在一览无余的浅层思维，引不起受众持续关注。可她主导的公益项目"孝慈长椅"，却得到热捧。喜玲告诉我们，远在美国读书的儿子，用省下的学费给姥姥姥爷居住的无物业管理社区捐赠了两把孝慈长椅。

"椅子就放在社区入口处，老人买东西回来，在这歇歇脚，多好！"

留洋儿子，用这样的态度，坚定地参与妈妈投身的事业。

看着那注明了18岁捐给81岁的照片，我想象着祖孙间跨越太平洋的交流，感染着两位老人希望与众人分享的满足和快慰。怪不得500元一把的椅子，很快在清贫社区里安放了几千把！捐赠人，既能将个体孝顺做得公益化，还可以通过一张木头制作的长椅，滋长、扩散崇高的，近在眼前的悲悯情怀。

由于身兼大连慈善总会文化总监，这些年，在大学开讲座，我会借引导年轻人《走进艺术之门》，"加塞"悲悯情怀。歌曲《西波涅》是我最愿意讲给孩子们听的一个故事。之所以提它，一来，这首歌好听。少女时期学唱的、充满加勒比情调的歌，曾长期被我想当然地以为是一首单纯的爱情歌曲。二来，是与张贞慧老人交谈，听她讲述这首歌曲的背景故事，深感悲悯情愫一旦被艺术化，就能变得格外美丽格外绵长。

因贫困罹患肺结核的小姑娘张贞慧，在20世纪初，得到教会资助并获得求学机会。一位心地善良的嬷嬷经常唱一首名叫《西波涅》的外国歌给她听，嬷嬷告诉瘦弱无助的中国小姑娘，西波涅，不单是个漂亮姑娘的名儿，而且是岛国古巴，为抗击外来侵略被灭绝了的一个少数民族！后来查询资料，我得以了解，古巴作曲家厄内斯托，挑选了优美的音乐语言，将他心中所理解的古巴魂，附丽于平凡而伟大的少女身上。让"树林日日夜夜都在悄悄谈论"那场永不消失的巨大悲伤。《西波涅》，因悲悯而升腾的创作灵感，超越了通常意义上的赞颂，让遥远的神奇飘向海角天涯。张妈妈说，如果不是知道我常用视听手段到大学讲课，她不会把一首人们不求背景只求好听的歌，以及与她身世相关的事，单独说出来。

解放后，从自己吃饱饭开始，张贞慧就将歌曲《西波涅》所包含的博大的悲悯情怀，化作对普通国人的关爱，在每个落脚地儿，都找到党和国家兴办的慈善机构，依靠组织一件件地做善事。

"从心善到悲悯，有文化的升华；从悲悯到慈善，能召唤最大多数的人帮助别人。"

前面提到的孝慈长椅，张贞慧就是参与倡导的形象代表！

已经在副教授任上教学N年的张贞慧老妈妈，很少用悲悯这样的大词发言，她默默地身体力行，让陷于困顿的人，得到温暖，接受观照。在大连慈善总会，张贞慧以五星级义工的头雁作用，号令起五分之一以上的大连市民成为长期义工，让滨城的慈善事业闻名遐迩，辉耀九州。

地球生物圈中，能让所有生命建立理解模式，是需要有载体的。中国慈善人张贞慧和古巴艺术家，还有郑喜玲和她的儿子，很多似乎毫不相干的人与事告诉我们，即使面对外敌入侵，直面物欲横流，看到需要，都会像喜欢《西波涅》的生动和孝慈长椅那般，自然给予温暖身心的体贴。悲悯，既可以极其崇高，也可以低调温柔，甚至可以说，它只需要普通人保持一点点良善并相信崇高。

坐下来写这篇小文的时候，张贞慧老人已魂归天堂。但她那副观照众生、感恩世事的笑容，依然鲜活。宁可自己捡拾白菜帮子吃，也要捐出一切帮助别人的"中国好人"，一定会像美丽的西波涅，魂魄永存。

再也梳不成麻花辫

不晓得何时，歌声中的 "麻花辫"，妩媚地统一了中国人对大辫子的描述。窃以为，这是语言流变中的进步，既浓缩了青春美感，还有几分生命清香。在儿子婚礼上，听到两个客人，合伙批评我的感叹："从此甩掉了青春最后一截尾巴"；还用我本是他们心中"梳着麻花辫的老师"，来给我打气。扑哧笑后，我竟欣然接受了这个不乏恭维的暗喻。

自此，以"公岁"计量，我和"豆腐哥""发嗦妹"，做了比跨界师生要多不少情谊的友人。

前后一二十年，至少三四次吧，我和《大连晚报》主编赵振江在豪华酒店共用自助餐，他的盘里，多是"自配"豆腐米饭。真是北方版的"豆腐哥"！忍不住问起，才知道，姚建阁是经徐横夫辅导考上音乐学院的，后来，她从三尺讲台走上电台播音员岗位，很快声名鹊起。记得因在出租车上和她通话，司机坚决拒收车费，我才知道，"小姚"可以当钱使。我们相处像哥们，更像"同谋"。在音乐大篷车留宿的地方，她和我都可以彻底退去社会皮囊，做自编自导的"浪包"。我们也曾一起惊呼：怎么一周就增重四五斤肉？哪想到，送钢琴到边疆的大善大德，也没能留住她顽强的生命。

童年时候，他曾跟父母跑 "边外"，米饭和豆腐，过年才捞得着吃。这让我找到他朴素、守成、敦厚的源头。也挺服他：如此出身，能考读美学研究生；如此身份，还保留着自

这是我和晚报主编赵振江第一次合影。他对我的尊重，从没有过敷衍，我对他的惦记，也带有很直爽的亲昵。所以常用大姐口吻向他"发号"施令，譬如，让他动用职权替困境中的下属掌门人购换汽车轮胎，争取把不知名的山区作者稿子发大一点儿……他回应的口吻缺乏热情，待你不抱希望了，事情却已圆满解决。

然天性。他属于不装不演的实在人。

至于"发嗦妹"，自是囊括了电台音乐频道总监姚建阁的性情和形象，她有副水灵嗓子，说话、歌唱，肆意流淌哆来咪发嗦拉西。她曾作为几届服装节带队老师和分场排练者，牵着晒成"煤渣"女儿的小手协助工作。虽是导演团队的末梢神经，可拼命三娘做派，在那种钱少，人多，组织复杂的工作气氛里，价值超群。

她欢喜我喻她为"发嗦妹"。

我们几乎从不温习诨号。"麻花辫老师"是小姚喊出来的，振江也只是立马附和了而已。我更是把"豆腐哥""发嗦妹"放在心里，不触景生情到不了嘴边。可有了某些认知共同点，三个人之间仿佛添了点小秘密。

2020年，新冠作妖，天不假年；好多人的生命亮起红灯。一次在国际会议中心大剧院看演出，间歇时听振江说，他脑袋里长了东西……反正也治不好，就不手术了。不觉心里一阵惊悚：我曾先后送走过两位罹患脑胶质瘤的朋友，知道现代医学对那种癌奈何不得，便招呼大家合影。振江脸上毫无病相，大伙也乐乐呵呵。许是受照片误导，在为驰援武汉做音乐MV时（办了一张优秀晚报的"豆腐哥"，此时已做了主管电视节目的传媒集团副总编），我还在深更半夜同他聊工作，虽多是他打来电话，过问我发动的公益视频制作，有哪些单位哪些人参与，让我替他致意，并对播出、发表等环节，做了周到安排。最后，还不忘问候我先生的病况。握着手机，我忽地久久静默：他可是站在死神门口的重患病人啊！听我不作声，振江用打趣收尾："麻花辫老师，晚安！"

哦，思维清晰，兴致不错。
他哪里这样直接称呼过我呢！
莫非是……不敢深想。
只希望麻花辫象征，在这一刻，赐福彼此。

　　年岁，就是生命剧本的页数。2024年初冬，小姚的女儿已经生了女儿，姥姥的页数竟早就见底。每回跟她女婿碰面，我都会咽下一句话：你知道吗？我曾替你的老岳母担忧过你的"稳定"性——在芭蕾舞中扮演王子的俊小伙，靠得住吗？如今看来，岂止是可靠！也许上苍就是要在人间做这样的平衡，缺失了姥姥的宝宝，父爱来得尤其强烈。

　　转过年，小姚治愈十多年的鼻咽癌复发。对她的挂牵，一度压倒我对赵振江的惦念。4月22日，在她家楼下，我一边等李叔祺、暴洪奎两位市慈善总会副会长，一边回放她鲜活的样子：

　　她穿着宽衣大袍，在科尔沁草原奈曼旗山下恣肆汪洋地跳"飞翔"舞；

　　她像妈妈对孩子，将水果、饮料硬塞到主持人手中；

　　她在开往扶贫助困的大巴车上，站在售票员位置，持续几个小时举办大篷车独唱音乐会，并穿插一个人的脱口秀，

让一车慈善志愿者的欢声笑语飞扬几十公里;

她跑到我先生病房,搁下替我讨来的一笔不小稿费,对着刚离开ICU病房的徐老师做夸张的得意表情……

一直以来,大家都心生幻想,觉得乐观向上,是可以战胜病魔的。而且"发嗲妹"本就是一员杀癌大将,嘴上那道寸长疤痕,足以为证。

自从听蕾蕾说,妈妈脸部的大坑已经长不好了,我便把替她女儿主婚,当成给予"麻花辫"的福音,希望冲喜。

在N张照片里选择并不精彩的这一张,是定格我和振江老弟的最后一张合影。那天,在东港大剧院贵宾室,人们轻松说笑,振江靠近我,说他脑子里长了瘤。依照经验,我想到最糟糕结局,赶紧张罗着拍摄大合影。两三年后,同一天请回家的石斛,还在我家好好的,2024年第一场雪,突见石斛花开更盛,我竟忍不住跟横夫絮叨:振江在祝福你呢!

进到小姚家，她伸出手与我黏在一起。见我摩挲她的手背，便嘶哑着嗓子，努力制造轻松：

"就是一层皮哈，不过比光头好看一点儿……"

过一会儿，她又抬手扑撸我的头发，不无羡慕地说："您啊，还是俺们的——"

好怕她脱口说出"麻花辫"。

让年长女人，用自身健康映衬不该老的病体，可谓残酷。但说什么能安慰爱美、爱闹、争强好胜的小姚呢？我只能用手传递体温，与她紧紧相握。一起来看望的人，进门前就不无慨叹地聊过，给偏辟乡村送钢琴的慈善活动，随着小姚倒下，已然断音。而把"高雅艺术送到乡村教室"的大篷车时代，是我们这座城市，多么美丽的慈善绽放！谁能取代她那种独具魅力的"嗮瑟"，赢得那么多慈善志愿者的支持；谁能连续十年带队给几十个地区几百间乡村教室送去钢琴，给贫困地区的小学老师举办音乐大师课？作为连续三届慈善总会的常务理事、文化总监，我深知，电台音乐频道姚建阁的贡献，是历史性的。

离开小姚家，我突然觉得腿脚打滑，就像头发被薅走一大把，心里满是失落和悲伤。

三个月后，我约了另外几位去看望赵振江。这些人完全没在一起共过事，仅仅是对一个病人的共同不舍，让大家亲昵地提前互报家门。

大智慧的赵振江拒绝做放化疗，他没遭小姚那种痛不欲生的罪。此刻，竟站在门廊迎接客人。体态依然平稳，用词也似乎恰当。听他妻舅说，知道杨老师要来，振江特意嘱咐一家人查了百度杨道立的词条。呜呼，"豆腐哥"发动群众做功课，是怕自己出错，还是要给"麻花辫老师"隆重的礼遇？真的聊开了，他还是忽而认得杨老师是谁，忽而把我称为京剧院的杨院长。最后，大家笑吟吟地同他分手。不待电梯门合拢，我已泪溢眼眶。

那种又被薅走一大簇头发的疼，让我终于放下幻想。

不得不承认，两位用"麻花辫"形象鼓舞我的人，他们的生命，已经在分分钟与我抽离。

后来的日子，靠微信，我们顽强地保持联系。

小姚会发来戴了好看的大口罩的照片，说她在"去往医院的路上"；也会用赞扬的文字，继续给忙碌的我打气。

赵振江，则保持一贯的沉稳，或告诉我，他在听《大连之恋》。"又一次聆听您的杰作"；或一遍遍用一支《你鼓舞了我》的英语歌，向我传递他对生命的眷恋。

不久，微信竟成了生活舞台的幕布，慢慢地，鸦默悄声地，关上曾经的万千缤纷。

在圣诞节那天，我给"发嗦妹"发了一张圣诞老人送礼物的图片，几小时后，蕾蕾回复："阿姨，妈妈走了。"

又过了17天，赵振江也走了。

我把儿子叫进书房，对他念叨：其实，论年龄、性别、性情、原生家庭，乃至职业岗位、活动空间，我们之间差距不小。但我感谢他们。你知道，一百一千一万个人与你擦肩，有哪些人，能在你想实现人生价值的时候，成为你的同党？有哪些人，可以不存戒备地，与你漫聊沧桑世事？有哪些人，贴在你身旁，让你忘记年岁，可以独而不孤、傲而不骄地，任着禀赋去发声？

我没告诉他，这两个人走了，带去妈妈"梳着麻花辫"的那部分生命，妈妈心里，老了一大截。

当我一个人，留在书房，听保留下的小姚唱的《九儿》那支歌，流泪已成释放。我知道，每一个人的失去，都是我的缺少。但不编麻花辫了，未必就不可以用另外的发型去继续生活。

最终，到天堂相会，我还要去找"豆腐哥""发嗦妹"。

我们都太喜欢做自己能做的、该做的事，太需要有心气相谐的同党啦！

2022年1月15日

注：今天一早，大连新闻传媒集团给赵振江举办了一场十分体面的追悼会。小姚，也落在她父亲生前选好的墓地，入土为安。

高处不胜美

　　好像离上次给王琳的书写序不过几场风雨变换，又面临着一次由王琳医生召集的文字上的气质较量。邓刚、郭红、李芽……哪一位都是行业精英，都是伸手够得着云彩的山中智者。阅读他们心中的王琳，既能领略豁达自适、才华横溢的成功人士读人记事的共性美，又像从高处聆听众人议论一棵树的独特，那种从枝丫和叶茎间，从深浅不同、角度迥异处悟得的阅人印象，让一本医美专著，变成了一本散文集。

　　于是乎，想到还是由自己给王琳的新书写序，便觉忐忑。

　　哈哈，一直为自己不完美且变老的面孔暗觉惭愧的我，

我和王琳属于互看对眼的挚友，而且都喜欢大自然，喜欢在工作间隙把旅游缺项补上。得她在湖南发回的小视频，忍不住截图，并借此告诉周围想做美容的男男女女，选择美容大夫，一定要了解她（他）的人格情操，生活方式，以及美学认知。照片上的这位，本是知名大教授，可那气质，像不像刚考上985的大学生？

也就主动做左拉笔下的"陪衬人"。只求和读者一起，站到高处，品读由医美科学引出的人生滋味。

作为医美界难得的清醒者，王琳教授不仅从书香、花韵，影视作品、文化活动中汲取营养，提升眼力，修订技艺，始终不渝地保持着对科技创新的激情；还能为追求医美事业的终极目标，而不间断地登高望远，寻求精妙。每次听她表述"美沃斯"国际医美交流活动，就会在感觉上，跟随她领略更宽广无垠的求美世界。记得有一天，突然从视频里看到她和德高望重的中国著名战略家王志纲先生同框，听他们告诉我，医美行业作为时代发展、经济活跃的新赛道，未来将如何如何，我会有种被拽进彩云间俯瞰大地的好奇。

医美的大时代真的来了吗？

究竟是利用医术，更好地修护人颜，温暖灵魂；还是顺应人性对美颜的无度求索，而大赚钞票？

在这个满是"科技与狠活"的年代，究竟有几个人能抵御诱惑，展现"原汁原味"的自然状态？

瞧，写着写着，我会流露出个人的美学质疑。

我相信，挚友王琳，不仅像我一样听得到人们对医美发展的批评，也比我更了解这个行业肩负的历史责任。

所以她不断鞭策自己，既要以"美在高处"的判断标准来服务社会，还要让自己主掌的问诊、手术、科室、会议……保持着某种高尚的超脱。也因为她宁为玉碎不求瓦全，至今比不上一个资质浅薄的所谓医美市场社会富婆钞票赚得多。然而，她却赢得太多太多高素质的病家、同行、围观者，以及太多对医美行业持有警惕的人，对她由衷的尊重和信赖。

　　走到哪都吃好吃的，是王志纲的，也是王琳和我的嗜好。2024年夏天，王志纲和王琳前后相差几分钟分别向我报告，他们将安排一桌，请我前去饕餮！中国著名战略咨询专家怎么和医美大师走到一起，没人关心，我只是觉得，要在第二天回请他们去吃一顿"喜鼎"饺子，任务艰巨。虽然不需要我掏腰包，但能订上大连旅游旺季最被"黄牛党"盯牢的饭店，必须狠劲调动我的餐饮界死党。

　　作为在国内外相当活跃的一线医务工作者，把看书、写书当成习惯，王琳着实了不起！

　　让我们祝贺王琳即将付梓的第三本专著。

　　2024年，人类再次为战争与和平焦虑。但与诞生医美行业的第一次世界大战不同，人类的医美事业已经在攀登珠穆朗玛。不仅仅是被热兵器催生，也不仅仅是应科学发展而扩大，而是基本没有改变的人性，其善恶较量愈发赤裸裸。当下，无论学术还是经济，对于医美人而言，格外地需要增强审美，提升医术，重视德行。

美丽的王琳，清醒的王琳，一直从高处慎独的王琳，再次用她的书告诉我们，医美科学，不用放大镜也看得到的显学艺术，来得是多么亲切与实在。

爱人爱美，尊医重术。

让我们环绕王琳，站在高处，悠悠地享受——高处不胜美。

为第三届中国美沃斯大会做准备，我们这些傻女人，都成了台上那位老帅哥林楠先生的小迷妹。不过一个生产黄桃罐头的人，能把桃货融进马克思的政经学说，能卖出支援城市足球队的广告费，还能一网打尽各种挑剔目光，确实了不起！

大连交响乐走过一百年

1915年，东洋音乐家村冈乐童将自己喜欢的音乐带到太平洋西海岸，又从东京招募了八位演奏家，这就是后来的大和旅馆乐团。不承想，一支小小的乐队，入了《新中国城市文化志》的法眼，书为大连交响乐肇始。

殖民文化无心插聊，却让在音乐王国占统治地位的艺术样式，与哥特式建筑和巴洛克美术一道，深深沁入城市血脉，成为大连几代人的炽热梦想。自1945年解放，仰俯之间，大连的交响乐团，起起落落，盛衰更迭；最辉煌一笔，是1959年大连工人乐队在建国十周年时进京演奏格林卡的《鲁斯兰与柳德米拉》序曲。

改革开放后，以交响乐为标志的高雅艺术，被政府高调提倡。因为交响音乐在一定程度上体现着一个国家、一个地区、一座城市的总体音乐水平。大连的交响乐真正活跃，当是20世纪末的到来。先有得胜乡农民管乐团在北京刮起一阵旋风，继有城市国际交响乐团受邀进京为党和国家领导人演出。前者表征的是新时期农村文化的崛起，后者让人们看到非职业化专业团队的发展空间。而敢为八位旅居海外音乐家组织包机的"亿达之声"，则像引进美国大片一样，变着法儿年年邀请世界知名乐队和大牌指挥家，让大连交响音乐会既有如歌的行板，又有华彩乐段。

　　云卷云舒，大连交响乐走过了一百年。当年仅有八个"乐手"的城市，现在可以毫不夸张地说，常年活跃的成建制"乐团"也不止八支。不管是成年人还是中学生，上千乐手，数万听众，生生将富有异域情调的城市文化，推出别样繁荣。

　　2013年，新驻大连国际会议中心的保利大剧院，为融入属地，总经理王德成广发英雄帖，由杜明创办的大连城市国际交响乐团，成为大剧院与本土艺术家合作的首选。是年9月24日，强强联手，"团场合作"，在《大连之恋》中外名曲交响音乐会的热烈气氛里，掀起开票仪式的帷幕。

　　从此，剧院与乐团互为依存共同提升。

　　杜明，身披数十场"市民音乐会"长盛不衰的光环登上

　　一辈子在高等院校门外徘徊，一辈子和世界各种名曲亲密无间。城市100年的音乐活动，杜明热爱、向往、参与了一半时间。60岁过了，还要等留学的年轻指挥归来才可喘一口气。献出家财、青春不算什么，不敢懈怠，不能出错，不可背弃，才是终极考验。作为大连城市国际交响乐团的创始人和常任指挥，杜明活得平凡且重要。一个热爱音乐的人，在生养自己的城市能千百次地活跃在最大的舞台上，指挥中外老少一代代专职乐手，杜明先生，不啻是个幸福并幸运的艺术家。

　　大剧院，王德成，肩负北京和大连双重信任热心公益事业。琴瑟和鸣，配合默契，文化惠民做得风生水起！王德成、杜明、徐横夫和我，在谋划"送蛇迎马"跨年音乐会时，又邀请了大连广播电视台FM106.7频率总监小姚，这便有了另一个优秀团队的加盟。大密度的广而告之，把殿堂艺术带入寻常百姓家。票价下降了，票房上升了；高雅不贵，曲高和众；

专有场地，固定档期。新的历史节点，为大连新年音乐会20年积淀下来的交响乐热，添柴加火。

2014年夏天，筹备奥斯卡金曲电影视听音乐会时，作为大剧院首席艺术顾问，我忍不住发出感慨："难得将剧院、乐团、广播合为一体；难得每月有一台主题鲜明、饶有趣味的交响音乐会。这是2014年城市的心跳，更是大连音乐史上

大连是个迷恋音乐也得益于音乐的城市。著名指挥家谭利华不知道代表中国交响乐团、北京交响乐团来滨城演出过多少次。但受大连城市国际交响乐团邀请，他并不觉得纡尊降贵——非职业化专业乐团，大连成长得很好，水平也一直在提升。这一天，为中国交响乐发展、专门演奏一场辽宁籍作曲家的交响音乐会，在谭利华这儿，觉得非常愉快！

一个可以告慰前人的创举。'惠民'的温暖福泽了台前幕后……"

随着音乐会的渐次成熟，大家越发感到，交响音乐既要恭敬经典又要适应大众。曲目学家徐横夫认为，"我们是一个将仰望天空与俯首大地和谐起来的民族。要为那些年轻的、刚刚亲近交响乐的听众，提供更多喜闻乐见、耳熟能详的曲子。"王德成则更清醒，在他心里，"无论听众被培养得多么有教养，应当让他们在提高中获得愉悦的轻松，在轻松中涵养精神的深度。"杜明更是恨不能每一场演出，都给人意料之外情理之中的巨大满足！

文章开头，我提及了大连交响乐最早的传道者。尊重前人，是对历史的敬畏，惟其如此，更不可漠视并肩前行的同道：文化俱乐部、艺隆演出公司、开发区大剧院，张荣荣、陈晓红、梁洪江，他（她）们既是城市"文化惠民"的积极践行者，亦是交响乐走进大连的推手。交响乐在西方虽日渐式微，在我们这里也不总是一票难求；但做这件事情的人，心里还是揣着一团火。否则，怎能有增添城市美誉度的大连"交响乐现象"？！

这套音乐会CD集萃，记录的仅是一座城市一个剧院一支乐团2014年这一年间的"惠民音乐会"。但它投射出大连的人文精神、文化环境和令人尊敬的城市情怀。在这里，我愿意把它当做一群热心肠的文化人，对大连交响乐百年、大连新年音乐会20周年的致礼。

　　享誉世界的著名指挥家奥科·卡姆和郑小瑛都不约而同地说，大连有中国最好的交响乐听众。

　　那就让这套集萃，献给可爱的听众朋友们吧。

　　郑小瑛女士带给大连和大连音乐界的，不仅仅是高超的艺术。她的身心，散发着一种富有伟大人文气息和平凡母性温暖的独特气质。一晃几年过去，因年长离开的，刚被吸收的青年乐手，在这儿成长起来的各分部首席们，每次讲起郑小瑛曾给乐团排练过十余天，就充满了神往、不舍和骄傲。杜明说自己何德何能。乐手们说自己三生有幸。在百年中国的沧桑岁月里，牢居最好女指挥家地位的郑小瑛女士，是大连交响乐能够健康前进的最美传道者！

一代清花王，墨迹传千秋

淬火5000天 化蝶昂然飞翔

　　书香门第，富家庭训，陆履峻做画家的天赋从来没有被埋没。扬州女画家颜装仙、江苏国画师何其愚，直至恩师顾伯逵，将其开蒙为一代扬州画派传人。坎坷颠簸成长路，陆履峻始终在艺术的梦想里耕耘。1981年，39岁的他在北京举办个人画展，张伯驹、黄苗子、董寿平、吴作人、启功等二十余位名家、学者欣然题词。一言九鼎的"人间国宝"董老写的是："履峻同志此作，笔墨简逸，韵味盎然，羞票赋异于常。他的成就未可量也。"治学严谨的启功更是以扬州八怪之一的李晴江豪气，给予热情洋溢的鼓励："水墨八家居上流，二分明月属扬州。请君刮目看今朝，要李晴江让一筹。"大师的话，增添了陆履峻的信心和豪气，他由底层工人一跃而为扬州市外办的专业画家。

1991年，命运将他带进千年瓷都景德镇。当然，那是闯荡深圳遭遇挫折，读万卷书行万里路之后。陆履峻一边咀嚼官窑成功的规律，"最优秀的人才，最精湛的技艺，最精细的原料，最充足的资金；举一国之力烧造绝世精品"。一边紧步唐英、王步后尘，甘当小学生，不惜废了再画，碎了重烧，以坐禅的虔诚，悟制瓷要领；历经千锤百炼，走出一条成熟画家嬗变为艺术陶瓷家的独特之路。

陆履峻的美学观念有其独到之处。他发现，"有上千年历史的景德镇是块未开垦的处女地"；他敢说，"没有笔触就没有生命"；他认为，"山水是青，云雪是白"；他坚持"打破行规，在青花瓶上画它十几、二十几个层次，画出青花肌理，表现大千世界"。师法古人，大胆创新。陆履峻将心性、胸襟、素质辅之于笔器技巧，以文气扫匠气，以艺术情趣超越工艺情趣，开宗立派，蔚然成风。

2003年，其青花瓷板《瑞雪图》获全国首届陶瓷艺术展金奖；2004年秋，其《青城烟雨》获第五届中国工艺美术大师作品暨国际艺术精品博览会金奖；2007年3月3日，他以书画家和陶瓷家身份，同吴良镛、乔羽、宋祖英等受国人景仰的大家并肩获"全国十大魅力英才"荣誉。

皓首穷经，一十四载不离不弃，一代青花王应运而生。

云游8000里 探索东方素描

从1988年到1991年，四年里的每一天，陆履峻一面参悟古人的写生规律，一面总结自己的心得。他说："只要坚持中国人的大传统而不拘泥于小传统，研究事物本身的起点和灭点，以研究自身的结构为主，就能在山川风物之间，养神韵，做学问，建树自己的美学理念。"

人们喜欢他烧在瓷板上层次丰富、肌理动人的皑皑白雪，惊羡于他画作上的湍急河流、冰开雪融，感慨表现如此壮阔题材的青花，前无古人，今无参照。陆履峻自豪地说，那是游历康藏高原，在藏区蓝得醉人的苍天下，留在心里永不磨灭的记忆。

在对东方素描系统化、学术化之时，陆履峻的练修养越发厚实。多年后，每当他完成一幅妙趣横生的佳作，面对人们的激赏，便会以感恩之心，一遍遍回忆登黄山、越九素、过青城、会丹霞的那些难忘经历。他坚定地认为，是放逐身心苦心孤诣地写生、写生、再写生，奠定了他探索青花创作的美学基础。

读写书万卷 但求墨迹传千秋

出身不好，曾让陆履峻吃尽苦头，但饱读诗书，却让他在厚积薄发时，不愁抒怀路径。很多人见过陆履峻挥笔作诗，那首"珠山小憩青花梦，只一瞬越千古，赢得而今湖边漫步"，其恢宏气势，潇洒情致，令人感动。艺术陶瓷家的习作、墨宝完全可以结集出书。对于这样一位修行于景德镇，既师古人之瓷法，又复用现代科学，独攀青花之巅而终成的大家，不仅海内外媒体慷慨赞颂，许多内行也是不吝辞藻。中国陶艺大师黄云鹏说陆履峻，"能绘画、能写字、能作诗，所以他的作品比较繁锦"。南京博物院院长徐湖平认为他有一种精益求精的精神，"真不愧为当代的青花王"。而另一位久负盛名的工艺美术大师王锡良则感同身受地说："陆履峻完全是用心来进行绘制的。"英国陶瓷界权威皮特·温先生称其为"20世纪最伟大的陶瓷艺术家"。自2007、2008年CCTV国际频道、经济频道反复播放《青花王陆履峻》专题片，他已进入事业巅峰。

一件被我们称为"青花神胆"的蛋形山水瓷瓶，为新实验美器。陆履峻在一个圆体上，把每一个地方都处理得天衣无缝，转到哪个地方，哪个地方就是一幅主面。无论蘸墨、泼墨、水浇，均已浑然天成，凸显风格。慢慢地，我再次读出他的随心所欲，读出他在体现大自然的气象万千与悠扬浩渺时所进入的境界，读出他圆熟老辣的绘画技法在釉面上惊现的阴阳和谐，动静平衡。

陆履峻绝不保守，他是那么热烈地宣扬自己的理论，他对青花艺术从道、理、法三个层面加以总结：道统率理，理确立法。关于"道"，他总结了16个字：

"因气而生，因水而活，因空而灵，因禅而定。"

关于"理"，他亦用16个字总结：

"澄怀味道，始探幽微，浩然真气，逍遥乾坤。"

他认为法在理的统领下派生出许多技法，他为此作了探求。他以为的法要"紧而能透，简而不露；坚实生骨，虚幻生韵——动如脱兔，静如处子；阳则艳丽，阴则淡雅；酣畅神遇，变通机趣；巧控平衡，随意经营；倒立泉注，顿之山安；书山为径，顶礼自然"。

陆履峻是那么真诚地解释他的隐居动机：

"脱离世俗喧嚣，坚持自己美好的主张，不在人事旋涡里死死挣扎。用道家的出世思想来做事，不争就是舍。"

陆履峻信心满满："重回扬州，艺术生命长久，艺术价值提升。"

坚持是坚持者的胜利之光

时间这个天才，从来公平得残酷，然而，也慈爱得像个永不背叛至亲的人类之母。她总是无声地提醒人们："坚持啊，不管什么时候，最后胜利，一定属于坚持到底的人！"

眨眼，我已经活到父亲生命享年的历史关口，可依然忙碌着，每天都有具体目标，甚至不乏工作叠加到偷偷在心里喊"累"。为什么不喊？因为被社会强烈需要的幸福，不是任何老年人都能够获得的。喊出声，无疑是"凡尔赛"。是另一种嘚瑟。

夜深人静，复盘白天的事儿，思绪常常无道理地滑到遥远的场景：深夜，年近半百的母亲，一个人，在零下20多摄氏度的院子，伸出长了冻疮的手，一根一根地捆扎着充当围墙的树芥。那会儿，被造反派抓走的父亲下落不明，我们姐仨前途渺茫，可从没干过农活的母亲，却趁家人熟睡，偷偷起来做一些在老乡看来不过尔尔、在她那里十分困难的必做之事。半个多世纪后，她的葬礼让享年88岁的母亲尽获无限哀荣，赶来送别的一位庄河大娘说，真没见过这么能"扛"的人，那会儿，日子那个难啊！

"咋就没见她抹过一次眼泪？"

不觉间，我的思绪又会毫无逻辑地跳到一间小屋，温暖的光照下，《中国青年报》两位并不年轻的女编辑，眼里噙着泪，不断地发出感叹：

《自强》，太好了，太好了！这个刊物的名字怎么这么好。

记得我将目光扫向儿子——他刚上小学，却能听懂北京阿姨由衷的喜悦和震撼，眼睛亮亮地，分享着吕世明、李扬叔叔们的快活。从没想过，牵着孩子的手，晚上去西岗同运街，和自强不息的，优秀的年轻人说说话，会收纳到一束坚持不懈的光。

不知道临睡前的复盘让我回想起多少与"坚持"相关的生活场景。每个人，其实都在或被动或主动地坚持着，也在被动和主动的坚持中，拉开层次，走聚了，走散了；升华

　　2023年夏天，已担任中国残疾人协会最高层领导的吕世明从北京回来了，还有好多老相识，李扬、张垒、从者甲、张嘉树、王荔……绵长的情谊，勾起往日时光的林林总总。那天，我忍不住涕泪横流。但摄影师等着，好像我的演讲，充满轻松的快乐。其实，本来就是一个不期而遇的好日子，老去的时光里充斥着满满的奋进的光亮。

了，堕落了。就像《自强》这本刊物，当时代迎来电子化，印刷品遭到冷寂，吴运铎同志的封面题字似乎也不那么光鲜、时髦了。但，曾经让人恨不能用眼睛"嚼碎"的杂志，却依然带着历史温度，发射着赐人思想养分的光。眨眼间，最初参与创办的同人，包括从北京赶来聆听大连残青心声的编辑大姐姐，也按照自然规律沉于茫茫人海，但杂志在，接续人在坚持，自强精神不死。作为人类品德中最灿烂的坚持之光，依然从编辑部，从大连，发光给寻找光源的人们。

报个料吧，几年前，偶然听朋友说，一位名叫老欧的中年人，托关系找我，他说，因罹患癌症，想听听我的声音。想起来了，当初，在北戴河团市委，作为小孩的他，就像我儿子当初跟我走进同运街，也曾跟随时任北戴河团市委宣传部长的三叔，和大连残青赴京汇报骑行团有过一面之识，他听过我讲话，还硬要跟着大人们送大连勇士出山海关……他的叔叔，因无钱请我们这支骑行队伍吃顿饭而抱愧，他那极不过意的表情，没被我写进报告文学《向着太阳飞去》，却深深刻进我的脑海。其实，在陪同大连残青浪漫而又勇敢的赴京骑行团的日子，我记录下的某些素材，蘸着百感交集的"汗水和泪水"，曾在日记里写过："不是每个努力的人，都活得意气风发。唯一让他们眼睛放光的，是理想与理想的相遇，是坚持与坚持的相通。"本次报料高潮，也可谓遗憾，是那个患病的中年人曾用打趣的语气转告，如有机会见面，他的接头信物是，手持一张刊载《向着太阳飞去》的《中国青年报》，和一本当初他从三叔手里抢来的《自强》杂志。可当我按号码打电话给他，接听电话的女士说，老欧已经离世。

"他相信你会来电话的。"

这种回应，实在礼貌有加，可转告号码的朋友，拖延了一个多月，谁会想到，生命如此脆弱！

倘若我和老欧真的接上头，那本由大连残青骑行队伍作为礼物赠送的《自强》杂志，确已具有了收藏价值。它会作为某种光源象征，默默道述大连残青协会光荣的历史……

谨以此拙作，恭贺《自强》杂志坚持办了整整300期。

　　传递旗帜，是我出席社会活动的常规"节目"。无论是做慈善活动，传播热爱海洋、珍惜海洋、开发海洋理念，还是其他公益，只要人在大连，一般我都不会缺席。忘不了一起为世界海洋日、中国航海日做宣传的那些活动，包括引领我上路的陆儒德、张其奇、王光晓，这些同道，从来都比我贡献更大，付出更具体；还有曾就任过大连口岸局局长的才力，他亲自落笔修改我组织撰写的《大连宣言》……在共同的理念里，我们成为朋友，那是很高层次的心心相印。

赓续心脉·为了纪念的感怀

波澜壮阔的岁月倏然而过，共和国75周岁生日即将到来。2024年，也是中国共产党领导的多党合作和政治协商制度确立的75周年。在这郑重而欢欣的日子，我会想到自己的父亲——农工民主党党员杨烈宇，他的生命，恰恰也是由一个完整的七十五年构成。数字上的巧合，不禁让我浮想联翩。

打记事起，我就知道父亲的朋友，不是共产党的干部或工农队伍里有信仰的人，就是加入了民主党派的知识分子。伴随成长，我能具体感受到父亲的经历与党的统战工作，从无分离。无论顺境还是逆境，他都从外围到亲近，从获得信赖到积极参政议政，可谓一个甚得党的统战思想温暖和践行中国共产党统一战线方略的幸运者。

记得父亲青年时期，为寻找真理而与中共地下党员张黎群相遇相知，正在大学读书的他，为帮助地下党筹措经费，努力创办一间公共铁工厂，虽然力量有限，却把"天下兴亡，匹夫有责"，物质化为与共产党的奋斗目标生死与共。白色恐怖将两位年轻人分开，但青年杨烈宇始终在寻找能给予自己精神引导的组织，直至在上世纪四十年代加入农工民主党；在大连这座城市恢复民主党派的基层创建与领导工作后，将大连海事大学的农工党支部建设得朝气蓬勃；直至在上世纪八十年代、作为农工民主党大连市主委，当选农工民主党中央副主席，也以这个身份，成为全国人大常委会委员。

寻找真理，躬身参政，贯穿于父亲青年、中年、老年生命的全部。我相信，如果父亲还活着，面对今天国内外复杂的形势，一定会对新加入农工党的党员同志，苦口婆心阐释：中国共产党领导的统一战线，为什么要坚持长期共存、互相监督、肝胆相照、荣辱与共十六字方针，那是团结每一个爱国者忠诚于国家的一面旗帜；更会以亲身经历告诉大家，作为中华人民共和国基层单位的一个民主党派人士，你完全有机会和一名共产党员一样，贡献自己的思考和能量。

父亲那代人，最可爱的地方，就是相信真理是寻找到的，真理是用来践行的。

　　不是每一位父母，都能成为儿女的人生榜样，也不是每一个家庭，都能通过日常传承革命思想。当下流行另一种出身偏见，即：穷人家的孩子会代代受穷；富人家的后代必有殷实生活。我们家其实遭遇过贫穷，而且从来不曾大富大贵。但我们的家庭，是一条能在风浪中闯过激流险滩的船。作为杨烈宇的后代，赓续心脉，继承传统，就是把热爱渗透进生命意义，就是向社会的被需要守正了中国式的尽孝尽忠。

　　记得"十年动乱"前后，父亲用口罩和大檐帽遮挡，冒充老工匠走进工厂，参与由卢盛同志领导的旅大市各大工厂的技术革新。那时候，大连的技术革新在全国都有名，由我父亲指导的大连钢锹厂的钢锹卖到国外，在社会上引起很大震动。我曾以为，能在政治高压下保持乐观，是源于父亲的不甘平庸，后来，当他被乡镇企业聘为顾问，农民企业家和村里男女老少对他无比敬重，我们也交流过，父亲说，朴素的老百姓，对团结一切可以团结的人，有着天然的认同，他们也许并不清楚统战是什么，但为了过好日子，对发展经济有利的人，便给予无师自通的"统战"。父亲不仅手把手教会农民兄弟什么是金相学、热处理，还带领旅顺一支农民队伍，到鞍钢去抢修七号高炉……直至"动乱"结束，杨烈宇重新获得全面信任，他便把特殊时期积攒下来的科学经验写成论文和著作，并带领博士及各位助手，冲刺国家科技进步大奖。钱学森说过，我们这帮人天不怕地不怕，什么问题都可以解决。1981年，父亲成为改革开放后第一个把科学技术卖到国际市场的中国科学家。

可以说，父亲那代人，不是简单地从民国走进社会主义中国。听到科学技术是第一生产力，中国一定要实现四个现代化，他们恨不能让燃烧的生命熔铸在国家大步前进的步伐之中，于是乎，每天都让生命闪光。他留给我们的家训，就是"厚献薄取"！

记得好多个周末，回到父亲家，总能看见彻夜工作后父亲的生活镜头：铺满《参考消息》《人民日报》最新科技杂志的床上，睡着位满头白发的老人，他手上握着笔，批改学生论文的钢笔溢出墨水，还有嘴角淌出的口水……

我们知道，这是杨教授在与时间赛跑。他和那一代很多优秀的知识分子都觉得，"动乱"浪费了太多时间，抢回来的分分秒秒，能为社会主义中国增添财富。

眨眼又是几十年。

每当我看到今天有人以高级教师名义，收取高价给学生补课；有人以工资不够消费为借口，在单位里浑水摸鱼；有人打着为医院创收的名义，玷污救死扶伤的人道主义精神。我又会庆幸那些单纯的老一辈，眼不见心不烦。

如果说，清贫乐道的中国知识分子优秀传统被金钱当道所碾压，让人心生忧虑；我还是高兴地看见，杨烈宇的后人和不少学子，在今天，仍然厘得清真善美和假丑恶。仅以我有限的信息而言，我知道，大连农工党市委保持了很好的传统；海事大学、高新技术园区等基层党支部的工作做得有声有色。包括最近我参与一项文化工作，看到一位35岁的民建成员、青年雕塑家自己出钱为著名的教育前辈黄炎培雕了一尊塑像。都让人欣慰：继承和发扬，在大连地区依然可圈可点！

我还特别怀念父亲那辈人的人际关系。记得在《光明日报》登载了讴歌杨烈宇《向前看精神》的长篇报告文学后，天南海北的来信中，有一封仅写了一行字的信最让父亲激动，那是在胡耀邦办公室工作、早年间的地下党员张黎群

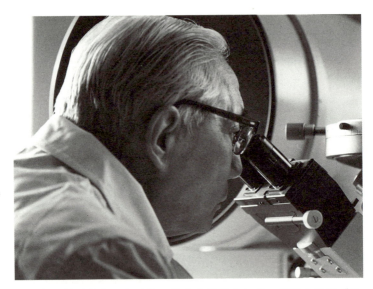

爸爸是科学家，实干家，精益求精每个细节。我至今牢记"交通、能源、原材料"的重要性。就连做总导演，都把各路演艺大军科学地进出口岸，搭乘最顺利车辆视为组织工作的天职；把创作思路对于素材选择的"绝对化"当成必胜法宝；把大连唯一、难以抄袭视为首创作品的秘籍。总听人议论，我在最好的时期做成了别人难以企及的一些"第一"，其实，那是因为科学与文化，在我的家教中，在我的血液里。

写来的，他在信里只写了"路遥知马力，日久见人心"这一句话，便把失联几十年的关系，化作一位共产党员与一位民主党派成员之间的无比信任。还有大连第一位中科院院士钱令希伯伯，曾不止一次到我的办公室来赞扬父亲的成就，好像父亲的荣誉化解了他经年的遗憾，那种欢呼雀跃，惺惺相惜，远不是今日某些网红宣扬的生存学、养生学、自保学可抵达的境界！

倘若父亲那一辈，能够再次和岁月交融，我真希望，就用他们的高风亮节，托起中华尊严。

记得有一次开科技工作大会，时任市委书记和市长，一左一右，同时举起续任市科协主席杨烈宇的双手向大会阐明："杨教授，您大胆干吧，我们会永远支持您！"

热泪在父亲眼眶打转，好多话都不必说了。他只能把一辈子当两辈子来过。所以，他多次当选劳动模范，获得五一劳动奖章。临去世前最后一次在全国人大开会，药物中毒的父亲眼睛已经看不清文字，还是把熬夜写出来的提案，在人民大会堂的讲台上，一字一句读完。

不辜负信任，是杨烈宇那代人对统战工作最实诚的表白！

我期盼，有人用笔墨塑造出践行中华统战工作最宝贵的一群民主党派人士，他们的人格，浓缩东方哲学，是中华民族和国家生命里最高品质的基因。作为社会良知，只要有很多民主党派的知识分子站出来向社会空洞化做抗争，伟大祖国的统战工作，一定会牢牢扎根于广大人民群众的心里；中国式现代化，也一定会在中国共产党的领导下，掠过纷繁嘈杂，繁花似锦地呈现！

让生命在歌声中回荡

小满这天，翻阅徐横夫的新作《回荡》印稿，心里涌上打量的欣喜。不是说这个节气精粹着古人观天说事的智慧吗？作为妻子，也是此书的第一读者，在这样的好日子捧读书稿，不管雀跃出洞悉酝酿、陪同写作的多少感动，还是要说得如书容貌，盈而不溢。

回荡，是声音属性。萦绕于怀，穿越时空，书的大名《回荡》，既形容了经久不衰的响亮，也兼顾了书籍的功能类别。然，究竟这本音乐书写的是什么？冥思苦想，"那些与辽宁结缘的人和歌"，便在徐横夫心里伸展出地域之扩，副题之旨。

拥有4300多万人口的辽宁，曾贵为"共和国长子"，现

"听徐横夫聊音乐",是一档创国内记录的音乐节目。只有我知道那种付出,以及毕业于沈阳音乐学院一个普通学子,对辽宁的深刻感念。让生命在歌声中回荡,唤起了作者、读者、听众持久的共鸣。还是那句话,音乐将世界推向无垠,音乐工作者,可以高尚到让生命不死。

又被谐称为"老铁"。是哪些人,写出哪些富有铁骨柔情、对得起共和国哺育的好歌?这些经典作品,抑或说影响力很大的歌曲,在大空间里是伴随了历史的脚步声,还是扮演了多元音乐的重要角色?而承蒙延安鲁艺之大济,沈阳、大连等又早于新中国成立提前解放……林林总总的节点和特色,也给作者遴选出了难题。好在艺无定法,作有偏好,经再三考量,徐横夫立足于"把自己的生命放在作品中",按此规则,去寻找回荡在历史中的人和歌。

现在看来，标题和副题，都好。

有人说，这部书是报刊专栏的汇聚吧？或许书中那些答记者问，是为了活泼文风，掠夺眼球。嗯，说得有几分道理。但做专栏却是另一种思考的合谋：《半岛晨报》副总编王小岩女士得知徐老师正着手写书，2019年春天即派文化记者李洪波上门索稿。为"庆祝新中国成立70年"而写，光荣使命，正当其时。可坐标有了，专栏的经纬，如何铺陈？典型、杰作和经典的尺度如何拿捏？

还是让作者秉持初心，放开了去写。报社的思考很大气。

于是乎，相互成全，每周一篇；因受欢迎即增为两篇。专栏让报纸火，报纸为成书探路。

直面读者热络络的反馈，不仅能及时澄清传播甚广的无聊八卦，还摸到学校老师、群文干部、音乐新人和普通读者对真相的渴望。那便告诉大家：飞出草原传遍全国的《牧歌》，是在延安即得小调大王美誉的安波，到东北开拓新文艺事业后，从辽宁搜集到的蒙古族长调民歌；"热泪随着针线走"的《绣红旗》，是从山东闯关东落户宽甸、海南丢儿作曲家羊鸣领衔创作的歌剧《江姐》选曲；那首格调高古、诵唱久远的《苏武牧羊》，是由辰州书院音乐教员田锡侯根据皮影戏《大悲调》改写，经国文教员蒋麟昌填词，在百余年前即诞生于辽宁盖州的创作歌曲。

......

不是吗，史书有多种，好书一定得将史实、事实说准喽。

不过，报纸一般不追求文献价值而偏重标题醒目，作书，当然要有作书的规矩。如提及作曲家、旋律大王刘炽，在谱写歌曲《我的祖国》时候，他把自己关进屋，每日面壁，用整整一个星期仰望、哼唱贴在墙上那10首中国最好听的民歌，从中化出"一条大河"的不朽旋律。徐横夫为此不惜一一写出歌名，还写出每首歌曲的音乐主题。用场景讲故事，借典故谈技巧，把深刻说浅显，不着雕痕的叙述，让人读起来煞是轻松。

既说清楚经典作品艰辛创作的来龙去脉，又对大师恭敬传统的典故如数家珍，端端是闪烁在很多处的此书亮点。是啊，民族民间音乐，才是中国歌曲创作的母语、源头；站在巨人肩膀，要少走很多弯路。

而较之对作品做扼要的学术评价，更费脑筋的，是对70位词曲作者的生平简介。呜呼，学术可保留一家之见，说到生平，那可要来得十分小心。文风败坏，以讹传讹；网上诳语，夸大随意；有的人是自媒体宠儿，有的人则没得声响。在这种背景下拿三四百字来写对、说活一个人，泱泱数十位，徐横夫的痴和拙，真是表现得淋漓尽致。听他一遍遍打电话、请教朋友，看他翻箱倒柜从老书里找依据，再购买新书做对照；还时不时征求师友对那些逝者、师长的印象，甚至与人讨论起"音乐家、艺术事业家、社会活动家"的称谓与今日表述有何不同，真是觉得他把简单做复杂了。当然，这是为了所言精准，让读者信服。按时兴说法，徐横夫是有多种基础病的老家伙，身上还背负几重社会职责和公益项目，这不是倍添麻烦嘛。我一面惊叹于丈夫对各类素材不惜精力的反复推敲，一面奇怪：自己怎么不晓得他对那些"人和歌"，早就如待身体发肤。原来，他亦早把自己的生命放进书中。

作者不纠结，下笔亦从容。我这个做家属的，也看得不累心。

也有人质疑座次：怎能让艾敬、李春波这样的后生晚辈，跻身安波、劫夫、阎述诗之列。他们，不过写了《一封家书》，仅仅抒发人生际遇的某个灰色片段而已；《艳粉街的故事》，似乎也没有《我的1997》来得出名。这，恰恰彰显了书作者面对历史的态度。"他们"，既是得益于改革开放的风云青年，又是城市民谣的唱作代表。上世纪80年代，怀抱吉他，自弹自唱；个人的苦闷和憧憬，原来可以这样抒发？！音乐的通感和移情效应，在思想解放运动给社会带来的宽松中，实属自然回归嘛；艺术的外来影响，本就在这些貌似不那么革命的歌曲中合理存在着。而拎出"艳粉街"放下"1997"，则是看中它通过一个老街名字所传递的铁西区信息。有世界影响力的巨大工业区，概括为大国重器生产基地的一撇生态，难道不是将抠不掉的历史色彩，于轻吟浅唱中加以记录？

　　透过这本书，可以看出，紧随中央音乐学院、上海音乐学院之后的沈阳音乐学院，是一所出人才、出作品的好大学。先后出场的沈音院长李劫夫、秦咏诚、潘兆和，都以歌曲创作见长，无论在不同时期写出《歌唱二小放牛郎》《我们走在大路上》等千余首好歌的歌曲大王劫夫，还是因《我和我的祖国》《我为祖国献石油》等歌曲享誉国中的秦咏诚，甚至仅仅被选用一首作品的潘兆和，都紧贴解放战争、新中国社会主义建设、改革开放中国腾飞的新时代。他们守住鲁艺高洁、忠贞、舍我其谁的精神，一方面，自己从没停止过对歌曲创作的钟爱，另一方面，接续培养出傅庚辰、谷建芬、张千一等用作品服务于人民并驰名海内外的音乐家、作曲家及社会活动家。包括离开学校在音乐界有大作为的雷雨声、白诚仁，还有军旅作曲家铁源、影视音乐作曲家雷蕾、儿童歌曲名家顾晓丹、中国戏歌开山人姚明等，他们都吸吮过沈阳音乐学院的乳汁。对于徐横夫来说，下笔时，固然有他对母校、对老师的感念之情，但越是用干净的心搜奇选妙，他越是发现，辽宁的歌曲创作在中国曾有过奇峰高耸地位。逝去或依然活跃的艺术歌曲、群众歌曲、流行歌曲作者，走出辽宁或留在辽宁的词曲作家，70人中至少有一半毕业于沈音或在此进修过。若加上张藜、张名河、胡宏伟这样的词坛大家，20世纪，以沈音为中心，辽宁的歌曲创作，可谓步步铿锵，璀璨辉煌。从这本书里可以看出，秉持传统、锐意创新、与辽宁结缘的作曲家，多善于选大题材，长于写群众歌曲，风格上更具有大气势。由这些优秀音乐家撑起的歌曲天空，确乎反映出14.8万平方公里的"老铁"家——辽宁，实乃一片多情的土地。那些忘不掉的旋律，伴随一代一代人成长！

回想在家中的百余个昼夜，身边人徐横夫因有一个有意义有意思有价值的事情在做，我们夫妻，忽而忆歌思人，忽而闻声放歌，浮现出生动到流泪的往日悲喜，沉淀出平凡生活的缕缕幸福，真是美得很。

相信《回荡》会遇到许许多多的知音。

本分，让日子过出包浆

"包浆"，是古玩行业的专业术语，特指瓷器、木器、铜器……乃至各种文玩、书画碑拓等收藏，经时间氧化，受岁月承托，表面具有了可人的光泽。

既是光泽，干吗故作矫情，把简单说得复杂？

实在因为北京的潘家园太有名，各种捡漏太诱人，国人发财心太切，活得尴尬的某些媒体又将收藏引导为一夜暴富的"非本分"之途径，所以我赶了次遣词造句的时髦。

前些天去一家新开的小吃店，进门前暗自担忧会不会做得很花。现如今，有人把做小吃当成耍小本事，吃什么远不如瞅什么吼什么来得惊天动地。殊不知，在名号方城的小吃店，竟吃到久违了的、食材与品相同样诱人的脆炸偏口鱼。

和亲爱的巴顿腻在一起。

说它是妈妈味道都小气了，视觉上的酥香、剔透，甚至有连碎渣渣都要吞咽入肚的口感，端端是最叫硬的大连美食。

一家四口，三菜一汤，荤素相宜，仅付百余元大钞。

这才环顾：不过一四方通堂，好一个明朗温煦！

怪不得刚进门那位女士亲切提醒我们不要坐在容易吹

到冷风的地方——服务员小跑般的传菜和招呼客人的娴熟，全被很瓷实的生意托着；那种相逢开口笑的底气，随着菜香一阵阵弥漫到每位客人心头。据说这家店火了很多年，直到最近，经济萧条的惊慌骤起，才有机会找到离市中心近点的地方新开了一爿店。边听老食客做介绍边想：食材、佣工、租金涨价，顾客、消费、习惯在变，所有经营者都面临的问题，这家店恐怕概莫能外。可他们，为什么依然以小吃姿态，毫无悲情怨声地往深处挺进？是因为早就有"通官商之情，规便益之利，去妨碍之弊"的智慧？还是守成于味道和薄利多销本分？

儿子说，妈妈太"民僚"了。像这样本分做事、赢得名声的大连味道，全城至少有几百家。否则，怎么能让游客在网上盛传：大连老味道，需要自己去扫街。而且，少有宰客舆论涉及大连。

是啊！也许，最会做生意的，面对各种乱象和诱惑，会自筑围堰，把污水挡在外面，不论有多少奸刁、怪道，守住自家立命安身根本，就能做出百折不摧局面。

2020年快要走了，不晓得使用频率很高的"匠人精神"会不会被新的关键词取代。虽说旧桃换新符天经地义，可我觉得，能把一盘脆炸偏口鱼做出体面的包浆，即是对"匠人精神"的最好诠释。

　　每个经营者，包括场面上做大事业的，被裹挟进江湖探头吸气的，还有，每天被各种焦虑环绕却有心用数万小时去熬出伟大的，若能把本分做到极致，还愁摸不到日子的"包浆"？

　　其实，经时间氧化受岁月承托的各种光泽，往往就在我们身边照耀着。

和茉莉结缘是未出生前。

妈妈从小就喜欢，后来知道了，会把她身上的气味想象成各种各样的茉莉花芬芳。

第一次以艺术家身份到韩国访问，小天使艺术团的父母们，从首尔豪华剧院观众席起立，齐声对我演唱中国民歌《茉莉花》，我只能眼含热泪，用一支边唱边舞的朝鲜族《阿里郎》，来做即兴的、礼貌回敬。

某些艺术讲座，我会提及茉莉花的国家身份，称伟大的意大利作曲家普契尼，曾用中国"茉莉花"民歌旋律做主题，谱写了传世名作歌剧《图兰朵》。

笨嘴友人张恒山，春节前送我垂丝茉莉，让我为先生布置的病房起居室，顿时充溢国宾馆味道。

观念极现代、生活恋本分的一对小夫妻。

镶嵌在生命中的记忆

不了解广播发明人美利坚的费森登教授；对中国人民志愿军"战地夜莺"刘禄曾的事迹，也远不如对大名鼎鼎的对台播音员徐曼来得更熟悉。小时候，赶上中央人民广播电台开设《空中之友》节目，脑海里一直想象着"和平使者"的伟大形象，把广播看得无比神圣。直到成年后，视听电子用品已无孔不入，依然不知天高地厚地与人争论：

"我相信，广播会比电视的生命力更持久。"

不费眼力，却获得巨大信息量，与社会对接迅捷，收听广播，似乎更符合人类对自由生活的向往。

倘若说我的见解仅代表某种生活方式的持有者，再片面也没啥；但我对广播有感情有需求是始终如一的。尤其是，

　　因做公益活动，和一批电台中青年伙伴结缘。照片最边上那位男士，名叫李叔祺，他曾任大连广电局办公室主任，后在大连慈善总会就任分管慈善基金会理事长。每次乘坐电台大棚车到乡村做爱心音乐教室，他都到场，而且扮演我身边的"瓦西里"。我们留过好多合照，这一张，是他生病前我们在呼伦贝尔大草原边上一个小镇上拍摄的。不觉间，成为与此人生前最后的合影。较比他兄弟后来传的小视频，那双眼睛里的笑，真是"狡猾大大的"。

命运让我有机会接触不少优秀的广播人，回想起来，那些出于工作需要交往的电台编辑、记者和领导，对我的成长，不少人扮演亦师亦友角色。

1. 就这样成为朋友

　　想不起来同文质彬彬的老编辑张骧怎么认识的，总之，上世纪八十年代初，我开始发表作品不几年，一篇《移风易俗，莫善于乐》小评论得到他的赞赏，亲自找到我工作的地方跟我谈这篇广播稿的"好"，心里便很想认他为师。那年月曾流行一种说道：新闻队伍，论知识和水平，一电台，二报纸，三电视。大概在电台工作的人学历高、资格老，还有些像张骧这样受过历史委屈的学者型大编辑吧！日后我能不断地开专栏，写评论，出专著，跟上世纪八九十年代得到张骧那样的老师点拨是有关系的。《移风易俗，莫善于乐》发表后，在公安局食堂曾引起人们的热议，可见广播的覆盖面和影响力。后来听张骧说，你的文笔优雅且松弛，又能针砭时弊，当然受欢迎。得到大编辑如此肯定，真是受宠若惊。

与张骧同时代的编辑和记者，还有热情洋溢的魏文东，瘦削精干的常万忠，他们都从不同角度向我邀稿，商量合作；记得女记者张玲，总是笑盈盈地把我当成"人物"来接待。至于文艺部主任田光，更是让我获取歌曲创作一等奖的幕后推手。那时节，电台能量了得，好多创作活动，他们都是挂头牌的倡导者，在匿名评选中，我的歌词被省里请来的评委一口气给了四五个一等奖，当然让我对组织竞赛的大连人民广播电台暗生感激。

之后，受电台推荐，我的作品作为每周一歌，已然水到渠成。也是大连广播电台向省里介绍，我参加了省电台王阿力、刘宝祥等编辑操办的广播剧笔会，凭借《凤尾坨的歌声》，获取生平头一个省政府一等奖。再后来，我经常作为嘉宾参与全国联播，接受中央、省、市电台的专题采访，则已经是段文武编辑和德平女士大显身手的时代了。

当大连广播电台办成很多频道，几乎每个频道的总监都视我为当然的嘉宾。正好我喜欢形象不曝光、话语多角度、交流少障碍的合作，每每有编辑、记者打来电话，只要条件允许，便很少拒绝，我也成了各频道文化（文艺）栏目的常客。无论是段文武就任大连人民广播电台台长期间，还是改革大动作以后的新闻传媒集团，我和大连广播人一起接受时代的洗礼——唯一不同的是，我不挪窝，事业依然；只需要和新老广播人保持和谐关系，一切就OK。

总之，大连广播和广播人，伴我从青年走进中年，直至萧萧两鬓生出华发。

2.一段美好时光

与广播人的友情合作，最有画面感的回忆，当属参与音乐台与大连慈善总会共同发起的大型慈善文化项目厘米"爱心音乐教室"——给极缺音乐器材的乡村学校赠送钢琴。

也是记不得"起范"日期，但平平（音乐台副总监陈智萍）到我家附近的咖啡厅来商谈策划方案，小姚（音乐台总监姚建阁）在行路途中堪比李雪琴的脱口秀与一个人的音乐会，音乐台几个小伙子服从领导的"大长腿"速度……那种能让人笑出泪花的气氛，会时不时浮现眼前。

　　虽然每次参与活动我都忝列于"要员"之中，但驻会的市慈善总会副会长刁成宝、李叔祺，兼职的副会长暴洪奎等，都对这个活动报以巨大热情。而那些捐助单位同个人，有的提供实物，有的献出资金，有的担任大师课老师，还有的，仅代表单位和充满好奇来做学习考察。N年间，这个既富有浪漫气息又极符合党中央扶贫战略的大型爱心活动，跨越辽宁、吉林、黑龙江、内蒙古、河北数十个地区，真是一路歌声一片赞扬，一路艰辛一场欢喜。当器材就位，活动开始，连线直播的主持人激情飞扬地描述获赠钢琴的学校师生们的表情，即使没戴耳机，我也能想象出听众们身临其境的感动。猛然间，会想起抗美援朝时期那个"战地夜莺"，想起崇拜过的对台播音员"和平使者"；要是乡村大喇叭再把家长们喊来，穿着民族服装的男女老少带来节日般的喜庆，顿时又平添了"爱心音乐教室"的亲民意义。当大家坐在简陋的教室，聆听孩子们在钢琴伴奏下仰起脖子高歌；当我们趴在汽车玻璃窗后，不敢直视孩子们告别的泪眼。澎湃起伏的内心撞击，是什么时间橡皮也擦拭不掉的！

　　我毫不怀疑，参与下乡赠送钢琴的每一位，都曾沉浸于高尚的奉献和深深的震撼之中。若不是这个活动，大约我也不会走到中国边境满洲里、绥芬河、海拉尔，直接触碰到那么遥远的贫困和那么热切的渴求。

作为大连慈善总会的常务理事兼文化总监，每每想起某些有惊无险情景，总觉得自己沾了广播人的光，是姚建阁和平平她们，动用好媒体好口碑影响力，做了慈善机构想做而没有来得及做的事。每回出发前，不知道音乐台与慈善总会交互共搭的组委会做了多少细腻的考察、遴选、统筹、组织，反正，总是超出想象的把每一台钢琴按时送抵目的地。事后，不待分别就有人急切地发问：

"下一次的送钢琴活动，何时出发？"

我做慈善和公益活动的年头很长，最难忘的，就是音乐台张罗的"大篷车"。这满载爱心与真诚，将音乐如降甘霖般地温暖孩子们心灵的创意，包括团队气氛，总是那么令人神往。如果说，战友情是战争年代特赐的人性圣洁，那么，这个由大连广播人发起并牵头的送钢琴活动，则让参与者在和平的天空下，建立起不可亵渎的战友深情。好多人真的因此成为生命中的朋友，可以一程一程往下走。

3. 广播是耳畔的"刚需"

对听广播的不可或缺，除了觉得它解放手脚，休息眼力，可以在任何环境下轻松获取信息（戴上耳机更不干扰别人），还有一点，就是它无穷大的容量。我曾在一篇文章里向上海人民广播电台制作广播剧《刑警803》的团队表示"抱歉"。因为我们夫妻，在不经意间，将这个节目当成睡前必听，一部每集都以"死人"为办案由头的刑侦类广播剧，竟用几百集密度，几乎代替了催眠曲，总是把我们的心神调整到宁馨安然。如此好的节目，我们往往听不完一集就睡了，有时候，半夜醒来，再接着等待故事结局。这样做，对老上海广播人是尊重，还是不尊重呢？

并不是要替这部老牌广播剧做商业推销，在喜马拉雅"那个筐"里，《刑侦803》是不收费的。为什么可以作为耳畔最亲密的需要？也讨论过，恐怕就是这个团队，用声音营造的一切，不管是人的说话、哭笑，环境的渲染、转换，所有手段都达到一个相当平衡的水准。专业能力很强的编、导、演，采用"803"门牌号作为忠贞、刚毅、智慧的象征，把一个个刑侦故事呈现得"如假包换"。收听这样的广播剧，就像在故乡买到有妈妈味道的好嚼咕，那种满足，怎一个"信赖""心安"了得！

自媒体相当发达的今天，也是良莠不齐、缤纷驳杂的现代，广播和印刷品同电视节目一样，在人们的生活里，一不留神就堆积成"灾"。但广播的好处是切换简便，深浅由你。我们也在"喜马拉雅"或其他能提供音乐、文学、史地节目的频道搜寻需要。国家大剧院办的《聆听经典》，某些专门制作的《电影录音剪辑》，结合时令提供的老歌，世界著名交响乐团演奏的名曲，都可随时随地在耳畔响起。有时候，听某某大师聊他的一家之见，也愿意为此付费。听的过程，会插进一个感叹：只要有料，哪怕普通话不怎么样也"解馋"啊！

不过，因为越来越觉得广播这种介质太容易被掌握，往往对年轻一代的出场暗生指责：

"语音太不标准了吧？"

"聊天也聊得太水了！"

"干吗抢嘉宾话头，似乎缺乏教养。"

"毫无内涵的对话，有何价值……"

当对低水平广播的腹诽变成一种习惯，会不觉地自嘲：离广播人太近，真的不把自己当外人了。

说了这么多，无非是回答一个不是问题的问题，广播是"刚需"吗？是的。作为媒介，在大的格局上，它对政治、经济、社会、文化的发展须臾不可或缺。在个人的命运里，它与我的纠缠几乎等于蔬菜、水果和粮食，没有一天不需要纳入。

因为与太多的广播人存在友情，我也希望，后来者能将这种既不古老也不年轻的介质，经营得万古长青。

　　大连的城建规划，似乎看不到同中国六大建筑风格相似的景象。尤其是，由一个个圆形广场间隔成的各个城区，更没有中轴线概念。2024年深秋，极其偶然，我在宫小剑的航拍图中，发现这一幅，不是因为他让中山广场居中，而是再怎么说巴黎图纸、欧陆风格，都不如这一张的大连中轴线，让我激动万分。

　　中国人主宰的城市，岂能不生成中国气质。

　　单就这一幅，我便把新生代摄影家宫小剑的名字记住了。也非常感念老友摄影家王大斌为我推荐了他看重的人，让这本书"图现"大连！

跋

是你们让我爱着

为了这本书更像在循序排列，就得既保持厚薄相当，又要增加阅读亲切；遂决定，拿掉部分稿件，采用照片+四色印刷。

近几年，好多交往变淡了，还有的朋友先做了已灰之木。在编写时候，不敢奢望有大精彩，但意外的惊喜好多，尤其是朋友们的反应。

其他不说，仅选照片，端是解困有人：摄影家王大斌推荐宫小剑；郝欣找出父亲郝华臣的存档；曹新文直接说，你用吧，要什么……尽管挑！至于经常会见到的刘扬、树鸿，以及某些不在意名气的年轻人，则把选中了照片当成幸运。

考虑再三，对采用的作品就不一一署名了。但感恩似涌泉，每天都在心里翻腾。曾经不喜欢的"何德何能"自叹，化作被拥抱的幸福，不断告诫自己：唯一能做的，就是不让大家失望，不让被需要的呼唤受冷。大连是我的第二故乡，又何尝不是予我最天公地道的热土！

卢锋和盛泉，友情依然，角色照旧。当大家都忙得焦头烂额，我还耍横：反正读者熟悉你们的名字，所有的不好，你们替我扛哈。